KB236557

범우문고 069

가난한 밤의 산책

칼 힐티 지음 | 송영택 옮김

범우사

차 례

▨ 이 책을 읽는 분에게

1961년에 이 책의 제1부 〈잠 못 이루는 밤을 위하여〉가 출판되어 한국에서는 경이적이라 할 수 있는 판매율을 보였다. 그 후로 제2부인 이 책의 번역을 꾀하였으나, 기회를 얻지 못하고 있다가 오늘에야 번역을 하게 되었다. 이번에는 좀더 좋은 번역을 해보려고 애썼지만 뜻을 이루지 못한 것 같다. 원문은 별로 어려운 것 같지가 않은데, 그 단어 하나하나에 힐티 박사의 만년의 지혜가 높은 밀도로 응집되어 있어서 우리말을 찾아내기가 힘들었고, 때로는 지나치게 간결한 문체라 이해하기 곤란한 곳이 한둘이 아니었다. 그리고 우리말로 옮기기에 까다로운 문체이기도 하였다.

이 책은 힐티 박사도 말하고 있듯이 한꺼번에 읽을 것이 아니다. 하루에 하루치만 읽고서 깊이 음미해 보면 무궁한 인생의 지혜를 터득할 수가 있을 것이다. 그리고 오늘날과 같은 메마른 시대에 있어서는 둘도 없는 큰 위안이 될 것이며, 힐티 박사의 말에 전적으로 동의할 수가 있을 것이다. 역자 자신도 괴테에 관한 점만 제외하면 전적으로 동의할 수가 있었다. 힐티 박사도 괴테에 관해서는 잘못 알고 있는 것이 아닌가 생각된다.

고생 끝에 번역을 끝내기는 하였지만 제대로 번역이 되어 있는지 심히 불안하다. 촉박한 시일 안에 한 것이라 마음에 차지 않는 점이 한둘이 아니다. 첫째로 문장이 좀 어렵게 되지 않았나 하는 점이다. 사실 원문은 평이한 낱말로 되어 있지만, 문장 전체는 꽤 까다롭다. 그리고 힐티 연구의 제일인자인 일본 사람 쓰카모도 도라지(塚本虎二) 씨의 〈힐티 선생〉이라는 글에 다음과 같은 구절이 있다. "어떻든 박학이며, 깊은 인생의 결정이며…… 그것을 간결하게 썼기 때문에 선생의 저작은 고전을 대할 때와 같은 경건한 태도로 하나하나 읽어 나가지 않는다면 도저히 그 진의를 맛볼 수가 없다." 아니, 읽는 것이 아니라 이것에 의하여 사고력의 수련을 하지 않으면 안 된다. 따라서 드러누워서 읽어서는 안 되겠다. 선생의 《잠 못 이루는 밤을 위하여》는 하루치가 단 몇 줄씩의 단편이지만 이것을 잘 읽고 잘 생각하면, 틀림없이 잠이 오게 되는 것이다. 이 점으로 미루어 선생의 저서는 우리말 번역 중에 너무 이해하기 쉽게 번역된 것이 있는 것은 명저의

효력을 심히 감쇄하는 것이라고 생각된다.

그러나 아무튼 시일 관계로 번역이 충실치 못한 점을 널리 이해 바란다. 다시 기회를 얻으면 착실하게 개역할 생각이다. 그리고 역시 같은 이유로 주석을 많이 붙이지 못했다. 주석을 제대로 붙이자면 아마 이 책만큼의 분량이 되지 않을까 한다. 그리고 원서에는 힐티 자작의 시(詩)가 상당히 많이 나오는데 이것은 거의 생략해 버렸다. 별로 흥미를 느낄 만한 것이 못 된다고 생각하였기 때문이다.

옮 긴 이

□ 머리말

《잠 못 이루는 밤을 위하여》가 출판된 후로 벌써 16년 이상이나 지났습니다. 그러나 이 책은 여전히 갖가지 외적 상황에 처해 있는 사람들에게는 말이 지니고 있는 참다운 의미로서의 '베갯머리의 책'이며, 그들을 내면적 성장의 후기 단계로 이끄는 안내자입니다.

1908년 2월 저자와 개인적인 면식이 없는 한 독자가 힐티 교수에게 글을 보내어 "필요에 따라 해마다 바꾸어 읽을 수 있도록 이러한 책의 속편(續編)을 저술해 주었으면 좋겠다"는 뜻을 알려왔습니다.

사실 아버님의 유고(遺稿) 속에 거의 완성된 그러한 원고가 있었는데 아버님 자신의 손으로 '교대판(交代版)'이라 명기되었고 벌써 날짜 구분도 되어 있었습니다.

부족한 부분은 아버님이 돌아가신 후에, 편지와 미발표의 단문(短文)에 담겨져 있는 사상으로 보충했습니다. 더 후에 몇 개의 새로운 것이 —— 그 중에는 12월에 배열한 아버님의 시(詩)도 있습니다. ——《잠 못 이루는 밤을 위하여》에서 이미 서술된 것의 반복을 피하기 위하여 덧붙여졌습니다. 그러나 인생의 근본 진리에 관한 것은 그래도 두서넛 그대로 보존되어 있습니다.

힐티 교수의 오랜 독자들은 이 반복을 진정한 아름다운 노래와 고요한 반복음(反復音)으로 느끼고 혹은 이제는 이 세상 사람들과 함께 거닐 수 없는 사람의 그리운, 특징 있는 모습의 추억으로 여기며, 그것을 기뻐하고 또 위로를 얻을 것입니다.

이와는 반대로 인연이 짧은 독자들에게는 바로 이 말들이 '모든 것을 능가하는 보다 더 많은 사랑'에의 권고로, 그리고 지금이야말로 그 어느 때보다도 선(善)의 나라에 단호히 참가해야 할 때임을 권고하는 말로 여겨져도 좋을 것입니다. 그러므로 나의 외적 사정으로 인하여 오늘날까지 이 유고의 출판이 몇 번이나 방해받아 온 것도 '우연'이 아니라 '하나님의 섭리(攝理)'라고 생각합니다. —— '신에의 접근과 근로' —— 각자가 징직하세 자기 분수를 지키고 —— 영혼의 보다 정한 지상 이별 —— 이것만이 아마도 이제 우리들이 그 한가운데에 끼어 든, 이 큰 사변(思辨)의 결과에 대한 불안을 넘어서는 데 도움이 될 것입니다.

그렇잖으면 우리들은 벌써 모든 사물의 사회적 변혁이 다가오는, 태양 아래 아직 한 번도 존재하지 않았던 그 무엇이 다가오는 늦은 오후의 시간에 살고 있는 것일까요?

그것은 틀림없는 영원한 평화일까요, 혹은 새로운 전쟁을 눈앞에 둔 고요에 지나지 않을까요? 그렇지 않으면 피비린내나는 서광(瑞光), 그리니 보다 새로운, 보다 나은 시대의 서광일까요?

누가 이 징후를 해명할 수 있을까요? —— 이 힐티 교수의 《잠 못 이루는 밤을 위하여》에 있는 많은 예언적인 말은 이 물음에 대해서도 '좋은 화음(和音)'을 줍니다 —— 우리들은 힐티 교수와 함께 다음의 약속에 의지하는 것입니다.

보아라, 나 이제 새 하늘과 새 땅을 창조한다. 지난 일은 기억에서 사라져 생각나지도 아니하리라.
(〈이사야〉 제65장 17절)

누사텔, 1919년 부활절
M. 멘타 힐티

가난한 밤의 산책

가난한 밤의 산책

1월

1월 1일

절대로 한꺼번에 너무 많이 읽어서는 안 된다. 이 책을 읽을 때에는 특히 그래서는 안 된다. 이 책은 전혀 그러한 목적으로 엮어진 것이 아니다. 매일매일의 것이 독립되어 있으며, 그리고 그날 밤에 —— 당신이 아침이나 밤중에 이 책을 펴들었다면 —— 당신은 찬성할 것인지, 혹은 훗날을 위하여 그 사상을 간직하여 둘 것인지를 분명히 하여야 한다. 그러나 우연히 손에 들어온 이 책 전체를 닫아 버리려고 하지 않는 한 당신은 그 사상을 거의 팽개칠 수 없을 것이다.

1월 2일

우리들은 언제나 신(神)의 손 안에 있었고, 이후로도 언제까지나 그러할 것이다. 이렇게 생각한다면, 우리들이 죽음이라 부르는 체류지는 그 중대성과 두려움을 잃고 만다.

1월 3일

우리들의 나이가 점점 많아짐에 따라 또 하나의 다른 삶을 계속하고, 그 속에 우리들의 자리를 결정하기 위해 보다 많은 사랑을 배워야 하는 인생 최후의 과제(課題)도 그만큼 많아지는 것이다. 이 최후의 졸업 시험에는 어떠한 학문이나 예술도 아무런 소용이 없다.

1월 4일

우리들의 참다운 삶은 우리들의 사상의 세계다. 그 속에 참된 사랑이 많이 포함되어 있으면 있을수록 우리들의 삶은 보다 더 신에 가깝고, 따라서 보다 굳게 행복을 약속하는 것이다.

천국과 지옥은 하나의 상태다. 이것을 표현한 단순, 소박한 비유의 말을 우리들 기독교도는 언제나 경외심(敬畏心)을 가지고 다루어야 한다. 아마 예수 역시 이 신앙을 가지고 있었다고 보여지기 때문이다.

1월 5일

인간은 누구나 삶을 향락하고 싶어하는 본능을 가지고 있다. 이것을 억지로 그들에게서 빼앗아 버린다면, 그들은 —— 특히 청년기에 있어서 —— 틀림없이 정신적으로 상처를 입게 될 것이다. 그러므로 적당한 시기에 그들을 참된 삶의 향락으로 인도하는 것이 중요하다.

1월 6일

모든 사람이 저마다 축복의 샘이 되어야 한다. 한쪽에서 신의 축복이 자아(自我)로 인하여 조금도 방해됨이 없이 그 속으로 흘러 들어올 수 있고, 한쪽으로는 자기와 접촉하는 모든 사람을 향하여 흘러 나가는 그러한 축복의 샘이. 이것을 이루지 못하면, 그의 일생의 사업은 거의 대부분 빗나간 것이 되고 만다.

1월 7일

초감각적인 것을 자연적 감각으로 지각할 수 있을까? 다시 말하면 본다든지 듣는다든지 할 수 있을까? 또 그것은 '고대의 우화'이며, 이제는 우리들 현대인 사이에서는 일어나지 않을 일일까? 이것은 묻는 사람 하나하나에게 다 대답할 수 없고, 또 대답해서도 안 되는 문제이다.

1월 8일

일반적으로 인간 상호 관계의 원칙으로 되어 있는 것은 기껏해야 권리의 계율이고, 상호간의 법률적 의무의 계율이며, 최고의 경우에 공평과 인간성 혹은 양심의 '절대 명령'이지만 대개는 강자(强者)의 권리나 생존 경쟁, 혹은 단순한 미적 감각이나 '향락 생활'이다.

1월 9일

사랑으로 모든 것을 극복할 수 있다. 사랑이 없으면

일생 동안 자기 자신이나 남과 전쟁 상태에 있게 되고, 그 결과 피로하여 드디어는 염세(厭世)·염인증(厭人症)에까지 빠지게 된다. 그러나 사랑은 언제나 처음에는 어려운 결심이며 다음에는 그것을 행할 수 있을 때까지 신의 손에 이끌려 배워 나가는 끊임없이 긴 수업으로서, 결코 자연히 혹은 천성적으로 우리들에게 갖추어진 것이 아니다. 드디어 이것을 소유했을 때에 사랑은 무엇보다도 더 많은 힘을 줄 뿐만 아니라 많은 지혜와 인내력을 순다. 왜냐하면 사랑은 영원한 존재와 생명의 일부이며 지상의 다른 모든 것과 달라서 노쇠하지 않기 때문이다.

1월 10일

언제까지나 같은 생각에, 혹은 나아가서 같은 추억에 잠겨 있어서는 안 된다. 오히려 지나간 것은 해결된 것으로 해두고 지금 해야 할 일을 해야 한다. '생활의 지혜는 어떤 한 가지 일을 시작하여 해치우는 것이다. 할 수 있는 최선의 것을, 가장 바른 것을 하도록 애써라 —— 그러나 그 후에는 그것에서 떠나라.'

1월 11일

채식주의(菜食主義)의 생활법은, 원칙적으로 말하면 확실히 가장 좋은 방법이다. 그러나 그러기 위해서는 먼저 문명화된 인류를 다시 한 번 이 채식주의에 그리고 지금보다 훨씬 간소한 생활에 아무튼 길들게 해야 할 것이다. 소위 문명이라는 것이 바로 이 간소한 생활에서 인류를 떠나게 하였지만 그것은 인류의 손해였다.

1월 12일

인생은 노년에 이르러 점점 아름답게, 점점 순고(淳古)하게 될 수 있는 것이며 또 그렇게 되어지게 마련이다. 그러나 점점 편안해지지는 않는다.

1월 13일

인생이라는 것은 신의 은총에 의하여 또는 그것에 싸여서 견고하게 되어 있지 않는 한 쉽사리 거만해지거나 동시에 낙담하기가 쉬운 것으로서, 곧잘 이 두 극단의 한쪽에서 다른 쪽으로 옮겨 간다는 것이 어쩔 수 없는 사실이다. 그러므로 언제나 기도에 의지하고 자기의 힘에 의지하지 않는 것이 지상의 모든 길 중에서 가장 안전한 길이다.

1월 14일

인생을 출발하는 젊은 사람들을 위하여…….
당신이 만약 완전히 바른 그 무엇이 되고자 한다면, 세상에서 '좋은 신문(新聞)'이라고 하는 것을 단념하지 않으면 안 된다. 매일매일의 신문이 완전히 선한 것을 칭찬하는 일은 아주 드물고 오히려 거의 언제나 효과를 올릴 듯한, 눈에 띄기 쉬운 나쁜 것을 칭찬하는 것이다. 바로 그러한 것만을 신문이 감탄하기 때문이다. 신문은 그리스도 시대에 이미 존재하고 있었지만, 그것은 물론 우리들의 주(主), 그 사람을 칭찬한다든지 변호하진 않았을 것이다. 신문에 자주 그리고 크게 칭찬받는 그러한 사람을 신용하지 않는다는 것은 가장 확실한 인간 지식의 하나다. 더구나 선전 광고로 자기의 지위를 쌓아 올리고 있는 사람은 절대로 거절해야 한다. 그러한 사람에게는 좋은 기초가 전혀 있을 수 없기 때문이다.

1월 15일

우리들이 매일같이 목격하는 현재의 세계 질서에는 많은 결함이 있다고 생각하지 않을 수 없다. 이것은 특히 무수한 사람들이 물질적, 도덕적 측면의 행동이나 또 거의 처벌도 받지 않고 다른 피조물에 가해지는 학대를 볼 때 의심할 여지가 없다. 매우 우수한 소질을 가진 많은 사람들이 이로 인하여 무신론자가 된다.

1월 16일

우리들의 교육자나 선교사가 그렇게 하듯이 사람을 무엇보다 먼저 어떤 신앙으로 인도하려 한다는 것은 대개의 경우 전혀 무익한 일이다. 결국 그들은 전혀 성과를 올리지 못한다. 우선 사랑을 인식시켜야 한다. 그러면 자연히 사랑하는 것에 대한 신앙이 사람의 마음에 스며드는 것이다.

1월 17일

가장 큰 가치를 부여하는 것은 참다운 기독교이며, 이와는 반대로 가장 작은 가치의 하나를 가지는 것은 단순히 어느 종교의 외적 형식 속에서, 말하자면 단순히 어느 특정한 종교 단체 속에서 그림자처럼 움직이고 있는 데에 지나지 않는 종교인(宗敎人)이다.

1월 18일

내가 세상을 오래 살아감에 따라 또 대중의 힘, 대중의 자각, 갖가지 종류의 사회적 그리고 결사적 조직이 점점 더 많이 논의됨에 따라 개성(個性)의 의의가 점점 더 명확해진다.

1월 19일

올바르고 성실하고 그리고 솔직한 우애는 아무튼 형제나 친척 사이에서는 가장 좋은 것이다. 그러나 이것은 의무에서가 아니라 자유 의지에 기인된 것이어야 하며, 단순한 감정이 아닌 이성을 가지고 다루어져야 할 일이다. 그렇게 하면 인생의 명예와 행복이 될 수 있지만 그렇지 않으면 아무것도 되지 않는다.

1월 20일

참다운 기독교에는 웅대하고 장엄한 무엇인가가 있다. 그러나 많은 기독교인, 특히 프로테스탄트 파(派) 교회의 목사나 선교사들은 이것에 대해서 올바른 식견과 경험을 가지고 있지 않다. 그들은 기독교를 그리스도와는 지극히 거리가 먼 사소한 의견이나 외면적인 규칙과 결부시켜서 단순한 교의로 취급하고 있다.

1월 21일

누구나가 다 지니고 있는 십자가를 자기도 받아서 짊어져야 한다. 그것은 뿌리쳐 보았자 이로울 것 하나 없고, 오히려 한층 더 무거워질 뿐이다. 필경에는 십자가가 없어지면 허전함을 느끼게 될 만큼 그것에 익숙해질 것이다. 그러나 사람들은 대개 이제는 십자가가 필요없어졌다고 생각될 때에 비로소 그러하다는 것을 깨닫는다.

1월 22일

좋은 결혼이라는 것은, 아마 이 세상의 모든 재보(財寶) 중에서도 가장 좋은 것이겠지만, 아무튼 가장 좋고 독특한 것임에 틀림이 없다. 왜냐하면 결혼이라는 것은 이 지상 생활에서만 행해지고 내세에서는 이와 같은 형태로는 존재하지 않기 때문이다.

1월 23일

2천년 전의 팔레스티나 문화보다도 더 고도한 문화에 대해서도 기독교는 응용성을 가지고 있다는 것, 바로 이것을 이 세상에 증명해야 할 사명이 우리에게 주어져 있으며, 지금 미적 요구와 종교적 요구 사이의 모순에 빠져서 괴로워하고 있는 그 내적 모순에서 이 세상을 해방시켜야 한다.

1월 24일

올바르게 영위된 인생의 마지막 표제는 평화와 자비여야 한다. 만약 그렇지 않으면 그 인생이 아무리 훌륭해 보이더라도 그것은 결코 올바른 과정을 거쳐 왔다고 할 수 없고, 신의 뜻에 맞는 바른 결과를 가졌다고도 할 수 없다. 그러나 이것은 대개 —— 단명으로 세상을 마친 소수의 극히 훌륭한 사람들은 제외하고 —— 상당히 나이가 든 후에 이루어지는 것이다.

1월 25일

인간의 모든 성질 중에서 질투는 가장 추한 것이며, 허영심은 가장 위험한 것이다. 마음 속에 있는 이 두 마리의 뱀에게서 달아난다는 것은 참으로 기분좋은 일이다. 단 다른 두 마리의 뱀, 인간 멸시와 거만이 그것을 쫓아내고 대신 그 자리를 점유하지 않는다면.

이것은 질투와 허영심에 벗어난 사람에게 종종 있는 일이다. 자기 기만에 빠지지 않도록 이 짐에 주의해 주기 바란다.

1월 26일

기독교의 진리를 타인이 이해하도록 증명하는 것은 실로 기독교가 인간에게 줄 수 있는 행복 이외에는 없다. 그 외의 사실, 즉 기독교는 신의 말씀이라든지, 그리스도는 신의 아들이며 신의 진리에 불려 온 고지자(告知者)였다라든지 하는 것은, 될 수 있으면 처음부터 믿어야 한다. 그렇지 않으면 그 이후로 가장 훌륭한 사람들이 이 신앙을 믿어 왔다는 사실조차도 믿지 않을 수 있다. 왜냐하면 이것은 증명하기가 지극히 어렵기 때문이다.

1월 27일

덕(德)이라는 것은 이것을 사람들에게 명할 수도 또 원래가 가르칠 수도 없는 것이다. 다만 덕의 감화를 사람들에게 보여주어서 그들의 마음 속에 덕에 대한 확신이 생겨나도록 도와 줄 수 있을 뿐이다. 자발성(自發性)이야말로 덕의 정수(精髓)다. 그러나 수천 년 동안 부모가, 학교가 그리고 교회가 헛되이 그 반대를 시도하고 있어서, 결국 인류의 거짓 없는 저주가 되어 버려 인류는 몇 번이고 이 멍에에서 억지로 자기를 해방시키는 것이다.

그 때문에 덕을 희생시키는 일조차 있고, 때로는 원래 덕에 가장 적합한 사람들까지도 외면하는 것이다. 그럴 때 그들은 덕의 벗이 되기는커녕 오히려 그 적(敵)이 되는 것이다.

1월 28일

별로 행동적이 아니고 명상(瞑想)에만 잠기는 박식

한 극소수의 사람들은 기독교를 오해하여 불교를 기독교보다는 낮다고 하지만, 불교는 기독교보다는 훨씬 불운했다. 그리스도의 복음이 궤변으로 통하는 그리시아의 신학자에 의해서 왜곡된 이상으로 불교는 '라마교', 즉 승려의 행사로 하여 왜곡되었다.

1월 29일

세상 사람들에게 '복종'을 설교하고, 또한 다분히 그러한 사람의 실례가 되고자 한숨을 쉬면서 십자가를 무겁게 짊어지고 탄식의 골짜기를 지나서 보다 나은 영원의 세계로 순례한다는 것은 별소용이 없는 일이다. 그러한 것은 누구도 매혹시키지 못한다. 왜냐하면 대개의 사람은 아무래도 약간의, 설령 짧은 기간이라도 현세(現世)의 쾌락을 맛보고 싶어하기 때문이다.

1월 30일

인간의 힘의 비밀은 신의 도구라는 성질에 있다. 왜냐하면 지속적인 참다운 힘은 모두 신의 것이지 인간의 것은 아니기 때문이다. 이기주의와 초감각적 세계에 대한 불신은 언악의 근원이나.

1월 31일

당신은 삶에 있어서 하나의 선량한 인간이 되어야 한다. 언제나 선한 영혼의 격려를 따르고, 그 외의 모든 것을 거부하는 사람이어야 한다.

그 이상의 것은, 설령 그것이 이 세상에서 아무리 평판이 좋다 하더라도 그다지 중요하지 않다. 현재에 있어서도 미래에 있어서도 문제가 되지 않는다.

2월

2월 1일

악의 힘은 그 근원이 우리들의 공포심에 있다. 우리
들이 무서워하지 않으면 악은 이내 약해진다.

2월 2일

자기가 사랑을 가지고 있지 않다는 것 혹은 염세가
나 인간 경멸가가 되어 버렸다는 것을 변명하려는
사람은, 언제나 자기가 사랑으로 인하여 맛본 경험
을 이야기하게 마련이다. 그렇다고 하더라도 그리고
그들이 사실 진지하게 사랑을 시도해 보았다고 가정
하더리도 그 후에 증오로 인하여 보다 나은 경험을
하였을까?

2월 3일

영혼을 잃은 사람은 더 이상 살아갈 수가 없다. 그
들은 현재의 또 미래의 생명을 상실한 것이다.

2월 4일

좋은 사상은 절대로 인간의 힘만으로 만들어지는 것이 아니다. 다만 인간을 통해 흘러 나오는 것에 지나지 않는다. 그래서 이들 사상이 행위가 되고, 말이 되고, 글이 되어 나타난다면 그때에 이르러 우리들의 공적은 단순히 사상에 대해 마음을 열고, 그것에 봉사할 준비를 하고 있었다는 것밖에 없는 것이다.

나쁜 사상에 대해서도 그렇게 하지 않았겠는가? 그렇다면 이 봉사의 준비에 인간의 책임이 있는 것이다.

2월 5일

인간에게는 저마다 좋은 천사와 나쁜 천사가 평생 동안 같이 살면서 서로 저마다 자기 생각을 인간의 귀에 소곤거린다고 하는 것은 아마도 하나의 비유(比喩)일 것이다.

2월 6일

창세기 제49장의 야곱의 축복은 오늘날에 있어서도 주목할 만한 약간의 예언을 품고 있다. 먼저 제10절은 분명히 주를 가리키고 있고, 주는 과연 그대로 유태 민족에서 나왔다. 그러나 다음에는 너무나 편안만을 추구한 탓으로 노예의 지위로 떨어지는 이싸갈족의 운명. 오늘날에도 이 운명을 나누어 가진 자가 참으로 많다.

2월 7일

신은 우리들보다 훨씬 관대하며, 우리들이 훨씬 전

에 버린 많은 사람들을 버리지 않고 자기의 아들로 여긴다는 것은 역사를 아는 사람이면 누구도 의심하지 않을 것이다. 그러나 저 설명하기 어려운 번영, 즉 '신의 축복'에는 그것과 조금 다른 것이 있다. 이것은 이제 인내, 동정 그리고 광대한 관용뿐만 아니라 오히려 어떤 적극적인 애정이 있는 것이다. 그리하여 이 애정은 우리들의 성실한 애정을 다할 때에만 보답되는 것으로서, 회의주의나 단지 형식적인 억지 신앙에 대해서는 결코 주어지지 않는 것이다.

2월 8일

아무리 적은 것이라도 낭비해서는 안 된다. 시간이든, 노력이든, 불필요하고 보람 없는 일을 위하여 애쓰는 것이든, 힘이든, 실력이든, 돈이나 그 외의 물자든 간에. 이것이 인생을 쉽게 지내는 최고의 길이다.

2월 9일

부모나 그 외의 다른 보호자들이 아이들이나 피보호자들에게 자기의 의무, 즉 부양, 병의 간호, 교육, 적당한 오락 등에 대한 감사를 요구한다면, 이것은 특히 자기의 목적을 전혀 이루지 못하는 것이 된다. 아이들이 그러한 요구를 눈치채면, 그들의 마음은 몹시 상한다. 더구나 그것이 노골적인 말로 표현되면 더욱더 그러하다. 그로 인하여 아이들은 쉽게 망은적(忘恩的) 성격을 띠게 되고, 어른들은 그러한 성격이 자기로 인한 것임을 깨닫지 못하고 나중에 그것을 한탄한다.

2월 10일

인생의 의의를 충분히 터득하려면 어떠한 철학이나 종교에 의해서는 안 된다. 인생을 보다 높은 목표를 향하여 전진하는 것이라기보다는 한 계단 위의 생활을 위한 학교라고 보아야 한다.

2월 11일

인생의 목적이나 목표는 정통적 신앙에 있는 것이 아니다. 이 점은 종교 개혁 시대에도 심한 오류에 빠졌었다. 사실은 선량해지는 것, 될 수 있는 대로 실제로 신에 접근하는 것, 여기에 있다.

2월 12일

12사도(使徒)의 능력은 분명히 지금도 존재하고 있다. 그것은 한때 융성하던 유물론적 시대 사조(時代思潮)로 하여 약간 후퇴한 것에 지나지 않는다.

2월 13일

기꺼이 무거운 짐을 진다는 것, 이것이 인생의 가장 큰 '기술'이다. 그리고 이것을 할 수 있는 사람이 진실로 '좋은 처세가'다. 그러나 누구도 내일을 위하여 근심하면서 이것을 행할 수는 없다. 한결같은 신에의 신뢰와 날로 새로워지는 신앙을 가지고서만 행할 수 있는 것이다.

2월 14일

또한 경건한 사람들은 동시에 용기 있는 사람이어야 한다. 왜냐하면 그들에게는 끊임없는 구원이 수없이 약속되어 있기 때문이다.

2월 15일

많은 고뇌가 사람들이 믿고 있는 것보다도 훨씬 신경질적인 것이다. 즉 신경의 일반적인 건강 상태에 좌우되는 것으로 신경 쇠약은 특히 수면, 공기, 운동, 좋은 영양 및 정신의 안정으로 치료되는 것이다.

2월 16일

인생의 갖가지 사소한 일에서 벗어나서, 더욱이 거의 인생 최대의 무거운 짐이라고도 할 수 있는 권태를 물리치고 언제나 사색을 요하는 상당히 큰일에 종사한다는 것, 이것도 하나의 행복한 생활이다.

그러므로 당신은 꼭 그러한 일을 가질 필요가 있으며, 만약 그것을 가지지 않았다면 찾아내야 한다.

2월 17일

긴 시일이 지난 후에 이전에 쓴 것, 특히 전에 노력의 목표로 삼았던 것을 다시 한 번 읽어 봄으로써 자기의 내면적 진보를 가장 잘 알 수 있다. 일기는 이와 같은 역할을 하지 않는다. 매일같이 규칙적으로 가치 있는 사상이 떠오르는 것도 아니고 또한 자기가 진보했는지, 혹은 얼마나 진보했는지를 조사한다는 것은 뿌린 씨가 자라나는지를 아이들이 매일 조사하는 짓과 같은 것이다. 일기를 적은 사람은 언제나 약간 의심스럽다. 그들은 신의 인도를 전적으로 믿지 않고 있거나, 혹은 전혀 그것에 따르지 않고 있는 것이다.

2월 18일

당신은 왜 신의 인도를 믿고 있으면서 철학 체계의 역사적 지식을 얻으려는 목적 이외에도 철학 체계를 연구하는가? 기껏해야 당신은 그것에 의해서 다시 길을 잃고 의혹에 빠질 뿐이다. 인생의 주요사(主要事)는 당신이 '진리의 영혼'을 가진다는 점이다. 그럼으로써 이 영혼은 당신이 오류에 빠지는 것을 막아 주고 시대 풍조에서 혹은 연륜에서 당신을 지켜 줄 것이다.

2월 19일

남을 설득하려면, 이것은 좋지 못한 방법이지만, 당신은 먼저 그들에게 물질적인 '이익'을 보여주든지 혹은 그들의 마음을 사로잡아야 한다.

2월 20일

"너희 순종함이 모든 사람에게 들리는지라" ── 이

것은 많은 시련을 겪고, 결국 크게 정화되어 고귀하게 된 기독교 제일의 사도가 그의 제자들에게 들려준 가장 아름다운 말이다. 사람은 일생에 한 번은 친절을 보일 기회를 놓치지 않도록 노력해야 한다. 설령 그것이 단 한마디의 말이나 눈짓에 지나지 않더라도, 우리들은 너무나 지나치게 친절과 금전을 동일시하는 데에 길들어 있다.

2월 21일

선에 대한 정열은 악이 나타나는 데에 대한 철학적 냉정, 이를테면 괴테가 독일에 있어서 나폴레옹의 폭력 정치에서 보인 것과 같은 냉정보다는 나은 것이다.

2월 22일

사랑에 대해서는 언제나 마음을 열어 두고 있으면 된다. 사랑은 신의 영혼으로서 세계에 충만해 있다. 그러나 우리들은 사랑에 대해서 마음을 닫는 힘을 가지고 있으며 또한 오랫 동안의 습관이나 유전적인 소질로 언제나 약간은 마음을 닫고 있다.

2월 23일

어떠한 향락에 대해서도 신에게 감사하며 또 감사할 수가 있어야 한다. 이것이 향락과 단순한 방탕을 가려 내는 최고의 시금석(試金石)이다.

2월 24일

기독교의 전 신앙은 우선 그리스도 자신의 세 가지 말씀, 즉 〈요한복음〉 제17장 3절, 제14장 21~23절 그리고 제15장 7절에 표현되어 있다. 그 이외의 것은 모두 신학이며 영혼의 진전에는 필요가 없다. 더구나 많은 논쟁을 일으켰고 이후로도 계속 일으킬 것이다.

2월 25일

당신이 지금 당신의 신앙이 약해지고 행동에 생기가 없어졌다고 느낀다면, 〈이사야〉 제54~55장 그리고 〈고린도 후서〉 제4장이 당신을 충분히 위로해 줄 것이다.

2월 26일

언제나 차분히 신에 의지하면서 자기의 의무를 다하려는 결의를 가진다면 우리들은 많은 근심을 덜 수 있을 것이다. 이렇게 하면 필경 고난을 헤쳐 나갈 수 있을 것이다. 더구나 지나치게 소심하지 않다면 처음에 생각한 것보다도 한층 더 쉽게 그리고 훌륭하게 헤쳐 나갈 것이다.

2월 27일

오늘날 세상 사람들은 모두 불평을 하고 있다. 자기의 운명에 만족하고 있는 사람은 하나도 없다.

2월 28일

좋은 충동에는(가령 무엇을 정돈하는 것 같은), 그

것이 아무리 사소한 것일지라도 곧 따라야 한다. 그리하여 그것을 실행에 옮김으로써 후회한다든지 참회할 수 없도록 해야 한다. —— 또한 이와 마찬가지로 나쁜 충동에는 곧 마음 속에서 저항해야 한다. 그렇게 하지 않으면 좋은 일에의 충동은 점차로 약해지고 드물어지며, 나쁜 쪽의 충동은 점차로 강해지고 잦아진다. 선악(善惡) 어느 쪽의 진보도 생각 이상으로 사소한 일로 이루어지며, 그 양자 어느 것이 습관화되느냐에 따라서 인생에 승부가 결정되어 버리는 것이다.

2월 29일

아무리 적은 시간이라도, 그러니까 1분이나 2분이라도 무엇인가 좋은 일, 유익한 일을 위하여 사용할 수 있다. 최대의 결심이나 행위도 아주 짧은 시간밖에 요하지 않을 때가 많다. 그러므로 시간이 모자란다는 이유만으로 좋은 일을 연기해서는 안 된다. 그것과 동일한 기회는 두 번 다시 오지 않는 경우가 많기 때문이다.

3월

3월 1일

어떤 사람의 참다운 위대성은, 그가 선의 완전한 도구 혹은 —— 더 분명히 말하자면 —— 그를 통하여 말하고 행동하는 신의 정신적 완전한 도구인가 하는 점에 있다. 그 사람이 이것을 자각하면 할수록 그는 더욱 확실히 자기의 길을 끝까지 걸을 것이고, 더욱 많은 일을 수행할 것이다.

3월 2일

선물로서 가장 어울리지 않는 것은 꽃집이나 온실에서 구한 크고 비싼 꽃다발로서 이것은 곧 시들며 성가시게도 떨어져 버린다. 가장 좋은 것은, 만약 계절이 허용된다면, 자기가 손수 꺾은 들꽃의 작은 꽃다발, 들에서 꺾은 한 송이의 장미, 혹은 그 외의 무슨 일용품 같은 것이 좋다.

3월 3일

아무리 어려운 사정에 있더라도 생각에 잠긴다든지 근심을 한다든지 하지 말고 간청하며 일하는 것이 올바르다.

3월 4일

정말로 '밤은 누구의 벗도 아니다.' —— 눈앞에 있는 것이 모두 새까맣게 보이고, 모든 사람의 생활에 존재하는 갖가지 어려움이 흥분한 정신 앞에 산처럼 높이 솟아올라 있다.

3월 5일

성경 중에서 어느 것이 신의 정신이며, 어느 것이 인간의 주석이고 첨가물인가 하는 것은 이것을 성실히 읽기 시작하면 곧 스스로 알게 될 것이다. 그러므로 영감설(靈感說)이라든지 그 비판 같은 것은 필요가 없다.

3월 6일

사람이란 누구나 다 그 본성인 동물석 부문 때분에 또 '유전적인 짐' 때문에 가지고 있는 관능적인, 노하기 쉬운, 허영적인, 탐욕적인 자연적 소질에서 벗어나 전 존재의 근본적 선에까지 도달할 수 없다면, 모든 근면도 —— 분명히 덧붙여 말해 두지만 —— 그리고 무슨 아름답고 좋은 신조를 믿고 있더라도 아무런 소용이 없다.

3월 7일

그리스도의 참다운 가르침을 모든 세부에 걸쳐서 바울, 아우구스티누스, 토마스 폰켐펜, 루터 및 칼빈 등보다도 더 한층 가치 있게 하는 것이 그리고 교회의 탓으로 잃어버린 개개인의 현세 혹은 영원의 운명에 대한 엄밀한 자기 책임의 감정을 그들에게 되찾게 하는 것이, 지금 다가오고 있는 새로운 종교 개혁의 복적이라고 나는 생각한다.

3월 8일

〈신명기〉 제28장의 축복은 소민족 이스라엘을 위해서만 일컬어진 것이 아니다. 물론 이 축복은 오늘날에도 고난의 길을 걷고 있는 이 민족에게 그것이 올바른 길인 한은 곧잘 따르겠지만, 이 축복은 또한 이 세상에서 자신을 '신의 백성'으로 간주하는 사람이라면 누구에게나 해당된다. 당신 자신이 당신의 행복을 개척하는 것이다. 그것을 게을리하면서 불평을 하지 말도록.

3월 9일

세상에는 언제나 약간 과장된 사람이 있는데, 그들은 단순한 기독교로서만은 만족하지 않는다. 대개는 그들이 기독교를 정당하게 평가하고 —— 완전히 이해하려는 노력을 하지 않기 때문이다. 그래서 그들은 가톨릭교도라면 승단 생활이나 수도원 생활에서, 우리들 신교도라면 종파나 교회에서 자신들에게 가장 알맞은 세계를 구할 수밖에 없고 실제로 그곳에서 그것을 찾아내고 있다. 그러나 이것은 사람이 완전히 선해지기 위해서 필요한 것은 결코 아니다. ‘성직자’ 즉 이 의미에 있어서의 인간의 엘리트라는 것은 원래가 실제로 존재하는 것이 아니고 또 존재하였던 것도 아니다.

3월 10일

사람들에게서 너무나 많은 것을 기대해서는 안 된다.

3월 11일

만약 사람들이 소위 ‘근대적 세계관’, 정확하게 말하면 무신론을 버리고 참다운 기독교로 옮김으로써 참으로 많은 이익을 얻는다는 것을 안다면 그들은 모두 이 길을 걸을 것이다.

3월 12일

영혼은 지기가 좋아힐 때에 사기가 좋아하는 곳으로 불려 간다. 당신이 영혼을 부를 수는 없다. 영혼이 당신을 부르는 것이다. 당신은 언제나 모든 것을 버리고서 이 부름에 곧 따를 준비를 해야 한다. 왜냐하면 영혼은 밤의 정적 속에서뿐만 아니라 그야말로 아주 바쁜 순간에도 오는 수가 있기 때문이다.

3월 13일

사람들이 당신을 사랑하는가 어떤가는 당신의 내면적 진보와는 관계가 없다. 그러므로 그것을 열렬히 희구해서는 안 된다.

3월 14일

인간은 때때로 천성적인 성질이나 지위에 따라서, 뿐만 아니라 본래의 의도에 따라서도 행동하지 않는 수가 있다. 나의 생애에 있어서도 허다하게 좋은 일이 전혀 친분이 없는 사람 쪽에서, 어려운 일이 친근한 사람들에게서 일어났다.

3월 15일

지금 내가 말하는 것에 주의해 주었으면 좋겠다. 당신의 내면에 있는 선이 한층 높은 선의 적이 될 때가 온다. 이것은 인생의 가장 곤란한 모순이며, 신의 특별한 인도와 이때에도 권유를 가지는 우리들의 주의 규범이 없으면 도저히 이것을 타개해 나갈 수 없을 것이다. —— 우리들은 물론 모든 것을 당장에 깨달을 수는 없다. 거리를 두었을 때 비로소 분명해지는 것이다.

3월 16일

우리들이 특히 이해하기 어려운 도덕적 세계 질서의 몇몇 법칙은 다음과 같은 것이다.

1. 악은 처음에는 필연코 외관적인 승리를 얻고 개

가를 올리지만 그후 파멸한다. 처음부터는 결코 그렇지 않다.

2. 이 세상의 참다운 선은, 그것이 충분히 강화될 때까지는 사회나 그 기관의 사랑과 승인을 얻지 못한다. 그러나 그럼에도 불구하고 선은 계속 활동하고 그 고독 속에서 성장해 나간다. 그러므로 참으로 유위(有爲)한 사람이 되려는 자는 누구나 다 생애에 한 번은, 아니 여러 번 성공이 따르는 생활과 참다운 신앙 중 어느 것을 취사 선택해야 한다.

3. 신은 비교적 사소한 일을(신의 척도에 의하면) 그의 종 이외의 자에게도 시키는 수가 있다. 그들은 그것을 신의 종과 똑같이, 때로는 더 잘 그것을 해낸다.

4. 참다운 선인의 최대의 십자가는 그를 전혀 이해하지 못하는 제자나 동료들이다. 오히려 적이 그를 훨씬 빨리, 훨씬 잘 판단할 줄 알기 때문에 우선 그를 유혹해 보고(《누가복음 제4장》) 그것이 잘 되지 않으면 비로소 그를 공격한다. 이때 유혹 쪽이 훨씬 위험한 단계이다.

3월 17일

예언의 능력은, 그것이 강력한 신앙과 결합할 때에만 바람직한 것이다. 그렇지가 않으면 이 능력은 악에 대해서 사람을 너무나 비겁하고 비굴하게 만든다. 왜냐하면 신앙이 없을 때에는, 이 능력은 단순한 원

인과 그 결과를 예견하는 것 이상이 되지 못하기 때문
이다.

3월 18일

그것이 어떠한 종류의 것이든 당신이 그 일에 두려
움을 가지는 한 그것과의 관계에 있어서 마음 속에 부
족한 것이 있으므로, 그것을 제거할 필요가 있다. 이
것이 악인이나 미지근한 사람의 결점이다. 이러한 사
람은 평생 공포에서 벗어날 수 없다.

3월 19일

사람은 나이를 먹으면 인간이 노력하는 목표 중의
큰 것, 가장 좋은 것을 제외하고는 차츰 조그맣게 보
이고, 이전에는 곧잘 놓쳐 버리던 것이 점점 크게 보
이게 된다. 신을 생각하는 것도 아마 이러할 것이다.
올바르게 진전하면서 나이를 먹어 가면 차츰 이러한
생각에 접근해 가는 것이다.

3월 20일

사랑이라는 것이 없으면 이 세상은 아무리 자연미나
예술이나 학문이 있다 하더라도 빈약하고 불만족스러
울 것이다. 사람이 현명하면 할수록 보다 더 많이 그
것을 느끼고, 그것을 빨리 깨닫는 것이다. 다만 우매
한 자만이 잠시 동안, 그곳에서 그들이 주인일 수 있
는 동안만은 이 삶의 향락인 초록빛 목장을 즐겁게 뛰

어다닌다.

3월 21일

조금만 더 참으면 된다. "바르게 살면 그 앞이 환히 트이고 마음이 정직하면 즐거움이 돌아온다." (〈시편〉 제97편 11절)

3월 22일

신에 인도되는 사람들이 지닌 특징의 하나는 그들이 배워야 하는 많은 것을 꿈속에서도 체험하고 경험할 수 있다는 점이다. 이것은 그들에게 현실 생활과 같은 인상을 주고, 그리고 그들은 대개의 경우 경고로서 나타나는 생활 경험을 거의 현실과 같이 잘 기억하여 두는 것이다.

신의 인도는 참으로 나직하고 상냥한 갖가지 암시로 이루어져 있어서 당장에 이것을 따를 때에는 매우 부드러운 것이다. 그러나 그렇지 않을 때의 경고는 약간 강경해지는 것이다.

3월 23일

〈이사야〉 제49장 15절은 누구나 다 자기의 것으로 할 수 있는 약속으로서, 정직하고 조금만 참을성이 있다면 이 약속을 깨는 일은 없을 것이다. 수천 명의 사람이 이미 이것으로 위안을 얻고 생애의 괴로운 시절을 뚫고 나왔다. 결국 당신도 그렇지 않겠는가?

3월 24일

거짓된 고귀와 대립하고 작은 것을 사랑하며, 필요할 때에는 언제나 잘난 체하는 자를 예절 바르게 차분히 대항할 수 있는 참다운 '고귀(高貴)'를 획득한다는 것은 그야말로 가장 어려운 인생 과제의 하나다. 인간으로서의 참다운 위대성에 도달하기 위해서는 많은 겸허한 태도와 함께 자기의 높은 임무와 사명에 대한 흔들리지 않는 굳은 신념이 필요한 것이다.

3월 25일

참으로 신을 믿으면 —— 그것이 입으로만 내세우는 것이 아니라면 —— 유물론적 세계 질서에 있어서 전혀 불가능하다고 보이는 많은 것이 자연스러운 것으로 되어질 것이다.

3월 26일

이 세상에 있어서 —— 혹은 한 나라, 한 민족에 있어서 —— 악의 분자가 선의 대표자들을 공격하고 그 진로를 강력하게 방해하는 것이 허용되는 시대가 있다. 만일 당신에게 그러한 일이 일어난다면, 이것에는 신의 허락이 필요하다는 것을 잊지 말고, 또 그럼으로써 마음 차분히 그것을 받아들이도록 하라. 다만 자기 자신은 어떠한 부정에도 빠지지 않도록 주의하면서. 시련이 목적을 이루고 나면 적은 완전히 절로 침묵하는 것이다.

3월 27일

마치 악을 위하여 그 영광의 날이 허용되어 있는 것처럼 보이는 일이 많다. 우리들도 또한 크든 작든 간에 그것을 경험하였다. 그러나 이것은 그리스도의 제자들에게 있어서는 언제나 겸손하고 주의 깊어야 할 이유의 하나였으며, 또 종교 개혁자나 선교사들에게 있어서는 인간을 믿을 수 없는 이유이기도 했다. 그렇다고 해서 회의주의를 변호하고 있는 것은 아니다.

3월 28일

당신은 최후까지 시련 앞에 노출되어 있을 것이다. 때로는 외부에서 당신을 싫어하여 적의를 품고 있는 사람들을 통하여 외부에서 생기는 수도 있고, 때로는 옛부터 남아 있는 갖은 잔재로 하여 내부에서 생기는 수도 있다.

3월 29일

전체적으로 약간 위험한 내용을 가진 스테드의 어느 저서에 다음과 같은 주목할 만한 말이 있다. “모든 방면에 미치는 완전한 사랑이 신의 이상이다. 실령 불륜한 사랑일지라도 그것이 당신을 당신의 내부에서 고양시켜 주는 한, 이기적인 사랑보다는 오히려 당신을 천국과 가깝게 하여 주는 것이다.” 심히 위험한 진리로서 도저히 교회에서는 설교할 수 없겠지만, 그러나 이러한 진리를 우리들의 주가 이해하였듯이 그렇게 이해하는 사람에게는 그래도 하나의 진리임에 틀림없다.

3월 30일

기독교의 합리적인 부분, 즉 이해성이 있는 보통 사람이 누구나가 사고력만으로도 이해할 수 있는 부분은 착한 의지를 가진 이상 누구나가 친숙할 수 있는 것이다. 왜냐하면 이 종교는 적어도 지금까지 알려져 있는 어떠한 종교보다도 우수하며, 또 인간사(人間事)에 대해서 친절하기 때문이다.

3월 31일

"땅이 흔들려도, 산들이 깊은 바다로 빠져들어도, 우리는 무서워 아니하리라. 만군의 주 여호와께서 우리와 함께 계시다. 야곱의 하느님이 우리 피난처시다." (〈시편〉 제46편 2∼7절)

이것은 다가오고 있는 고난의 시대에 즈음하여 신을 믿는 자의 안도감이다.

4 월

4월 1일

인간 생활에 있어서 심한 피로감을 주며, 또한 많은 사람들에게 해명할 수 없는 어려운 문제를 던지는 것은 어떠한 악과의 끊임없는 투쟁으로서, 우리들은 사실 언제나 이러한 투쟁을 하고 있는 것이다. 우리들이 잠깐 휴식을 취하거나 혹은 일시적인 향락을 취하면, 악은 곧 어떠한 형세로 낡은 그러나 아직도 시효가 넘지 않았다고 스스로 생각하고 있는 권리를 주장한다.

4월 2일

소위 사회 정책이라든지 평화 운동이라든지 혹은 이와 같은 다른 일에 너무 열중해서는 안 된다. 이들은 모두가 다 분명히 뜻있고 또 대개는 칭찬할 만한 노력이기는 하지만, 그러나 이것이 사회 문제나 그 외의 다른 문제를 해결하는 것은 아니다. 이 세상에 있는 갖가지 종류의 많은 비참이 그것으로 인해 조금이라도 없어지는 것은 아니다.

4월 3일

인생에 있어서 가장 어려운 것이 무엇인가를 당신은 알고 싶은가? 이것에 대해서는 원래가 개인적인 답변밖에 할 수 없는 것이다. 일반적인 답변으로는 신에게서 멀리 떨어져 있다는 것이라고 말할 수 있겠지만, 이것은 누구나가 다 똑같은 정도로 느낀다고 할 수 없다.

4월 4일

신을 배반한 자가 이 세상에서 벌받지 않는다고 해서 너무 한탄하지 말라. 신에게 버림받은, 사랑이 없는 영혼의 암담한 모습은 하나의 숙명으로서, 그 혹독함이란 외적 형벌과는 비할 수가 없을 정도다. "그렇긴 하다. 그러나 벌받은 자는 그것을 그렇게 느끼지 않는다"고 말한다. 그러나 그렇게도 오락, 자극 등을 추구하고, 필경에는 술병이나 모르핀에까지 빠져서 자기의 비참을 잊으려고 하지 않는가.

4월 5일

유일신교에는 언제나 인간이 필요로 하여 종교에서 찾으려고 하는 것, 즉 초자연적인 힘과 구제가 결여되어 있다.

4월 6일

기독교에 마음을 돌리는 교양인은 누구나 다 처음에는 파커나 에머슨에, 특히 명료하게 대표되어 있는 유일신교에 약간 기울어지는 것이다.

4월 7일

교의의 연구도 기독교에 대한 당신의 확신이 일단 어느 단계에 도달한 후에는 별로 도움이 되지 않는다. 그때 당신이 신에게 원한다면, 단번에 초감각적 생명으로 얻기 어려운 문제에 대하여 당신이 신학적 학식에 가득 차 있는 갖가지 책에서 얻을 수 있으리라고 생각하는 것보다 훨씬 많은 해명을 해줄 것이다. 이런 책의 저자들은 대부분이 확고한 신념을 갖고 싶어했지만 아마도 갖지 못했던 것이다.

4월 8일

"형제여, 신만이 위대하다." 생전에 '황제'라 불리기를 좋아하던 루이 14세가 죽었을 때 조사(弔辭)의 첫머리에 있던 이 말은 그것이 확신이 되었을 때에는 언제나 신 이외의 다른 위대한 것과 —— 언제나 그릇된 생각이지만 —— 거래를 하는 현대의 정치적, 사회적 견해를 모두 바꾸어 버린다. 될 수 있다면 당신은 그러한 것에서 떠나라. 참다운 교양은 보통의 교양과는 반대로 본질적으로 바로 이 점에 기초하고 있는 것이다.

4월 9일

때로 갑자기 모든 종교가 다 공상에 지나지 않는다고 생각되는 일이 있더라도 그것 때문에 당신이 걸어가는 도중에 절대로 겁을 낸다거나 멈추어 서서는 안 된다. 내가 아는 바로는 인류의 정신적 투쟁과 경험에 관하여 제법 상세한 지식을 가지고 있는, 상당히 교양이 높은 사람이라면 누구에게나 일어나는 일이다.

4월 10일

보편적인 인간애는 거의 중립과 같아서 "평화시에는 아름답고 명백한 일(나폴레옹 3세의 만년의 말)"이다. 그러나 영혼의 폭풍우 속에서도 이것을 유지할 수 있어야 한다.

4월 11일

만약 이 책 속에 〈요한복음〉 제14장 17절이 있는 '진리의 영혼'이 스며들어 있지 않고 또 제시되어 있지 않다고 생각되는 곳이 있다면, 사양하지 말고 그것을 지워 버려라. "그러나 다른 것은 남겨 두어야 한다. 그리고 그로 인한 감사를 누구에게서도 받아서는 안 된다 (루터의 찬송가)." 세월이 지난 후에 다시 한 번 그것을 읽고서 깊이 생각해 보아야 한다.

4월 12일

모든 좋은 충동에는 즉시 따른다는 습관이 낙원에

이르는 지름길이다.

4월 13일

초기 기독교 시대(전체적으로 보아서 지금보다 나은 시대는 아니었다)에 나타난 여러 가지 능력이 지금도 있을 수 있다는 것은 부인할 수 없다. 만약 그런 능력이 없다고 한다면, 그것은 분명히 우리들의 책임이다. 그런데 소위 육감이라든지 투시술(透視術)이라는 것도 역시 있을 수 있는 것으로, 보통 사람들에게는 눈에 보이지 않고 귀에 들리지 않는 것이 그러한 능력이 있는 사람들에게는 곧잘 지각되어진다는 사실이 그것이다. 그러나 이러한 것이 자주 일어난다면 그것은 일종의 신경병이며, 또 누군가가 그것을 마구 퍼뜨리고 다닌다면 그때에는 무슨 부정이 따르고 있는 것이다. 어떻든 이것은 극히 신중하게 다루어야 하는 것으로, 절대로 인간의 자유 의지를 언제까지나 압도하는 그러한 힘이 되어서는 안 된다.

4월 14일

당신은 지금 아직도 생각을 하는 존재이지만, 이것이 갑자기 더구나 영구히 끝나 버리리라고 실제로 믿겠는가? 나는 그렇지 않다고 주장한다. 누구도 그렇게는 생각하지 않는다. 다만 그들은 이 암흑 속에 들어가는 것을 소극적으로 감수할 뿐이다. 그래서 그들은 이 생각을 되도록 멀리하고, 이것에 대한 이야기를 가능한 한 피하도록 애쓰는 것이다.

4월 15일

그리스도의 수난사는 그 부활을 믿지 않는다면 도저히 견디어 낼 수 없는 것이다. 적어도 나는 그로 인해 염세주의와 인간 혐오에 빠지게 될 것이다. 그럼에도 불구하고 몇 백만이라는 기독교인들은 이것에 대해 태연하게 일종의 냉담한 태도를 보이고 있다.

4월 16일

모든 인간을 사랑하기란 그리스도의 사랑 없이는 할 수 없다. 해볼 것까지도 없다. 거기에서 생겨나는 것은 헛된 구설밖에 없고, 만약 당신이 진리를 사랑한다면 필경에는 인간 혐오와 그만한 유아독존이 생겨날 뿐이다.

4월 17일

가장 진보한 사람들도 정신이 육체에 속박되는 수가 많은데, 육체적인 원인 때문에 원기를 잃거나 우울증을 느낄 때에는 당신은 그것을 사실 이상으로 중시해서는 안 된다. 육체라는 것은 그 자신을 위해서가 아니라 주로 정신을 위해서 유지되어야 하는 하나의 기계에 불과하다. 따라서 육체 때문에 필요 이상으로 신경을 쓴다든지, 나아가서는 '자신의 건강을 위해서만 산다' 든지, 혹은 무엇보다도 먼저 건강을 생각한다는 것은 적어도 정신적인 인간에게는 어울리지 않는 일이다.

4월 18일

희생이나 자기 극복이라는 위대한 행위는 우리들에게 있어서도 악의 사슬을 끊고, 선의 장해를 제거하고, 지난날의 추억을 지우고, 붙잡혀 고생하고 있는 다른 사람의 영혼도 구할 수가 있다.

4월 19일

오늘날의 요양소라는 것은 한 번 보기만 해도 죽어가고 있는 육체를 위해 얼마나 많은 손을 쓰고 있고 또 얼마나 많은 사람이 영속적인, 결코 참다운 효과가 없는 일에 열중하고 있는가를 알 수 있다. 그들이 할 수 있는 것이란 연명시킨다는 것뿐이다. 더구나 그 대부분은 벌써 폐인인 것이다 —— 때로는 끔찍한! —— 이것에 비해서 그들은 영속적인 내적 인간과 또 그의 건강과 생명에는 얼마나 마음을 적게 쓰고 있는가! 이것이 훨씬 보람찬 일일 텐데.

4월 20일

이 세상의 모든 선만을 보도하고 악이나 사소한 일에는 일절 주의를 돌리지 않는 신문이나 평론 잡지가 있어야 할 것이다. 그러면 이 세상에는 얼마만큼 많은 선행이 일어나고, 특히 처음에는 사악한 것도 나중에는 선으로 변하며 선에 봉사하는 일이 얼마나 많은가를 비로소 알게 될 것이다.

4월 21일

얼마나 많은 사람들이 그들의 사슬을 끌고 다니고 있는가! 이것을 안다면 동정심이 좀더 많아질 것이다. 놀랄 만큼 퍼져 있는 인간끼리의 상호 혐오도 여기에서 기인하는 것이다. 그것은 남을 돕지 않으면 안 된다는 공포심이나 혹은 서로 상당히 친해져도 결코 좋은 일이 없으리라고 굳게 믿고 있다는 가정으로 인한 것이다.

4월 22일

보통 생각되어지고 있는 최후의 심판은 언제나 모든 인간이 지옥에 떨어진다는 인상이 강한 불유쾌한 것이지만, 나는 그러한 심판을 상상할 수 없다. 오히려 내가 상상하는 심판은 하나하나의 영혼이 저마다 레테의 강을 건넌 후에는 그들 생명의 자연적인 계속(繫屬)을 받는다는 것이다. 심판은 원래가 각자의 정신 상태 속에 있으므로 그 정신 상태가 사상의 전부이고, 물질은 이제 아무 가치가 없다는 사실이 새로운 생활 조건에 얼마나 적합한가에 따라서 그것은 결정되는 것이다.

4월 23일

만사에 있어서 여러 가지로 또는 순간적으로 판단을

내리고, 언제나 열광하는가 하면 곧 식어 버린다. 뿐만 아니라 전부터 아주 존경하고 있던 것에서 몸을 돌린다는 것, 이것이 지금 우리들의 학교가 만들어 내고 있는 이기적이고 믿을 수 없는 세대의 전형적인 특징이다.

4월 24일

어떻게 하면 당신은 성령의 그리고 초기 기독교의 여러 능력을 '얻을 수' — 보다 적절히 말하면 '구할 수' — 있을까? 그것은 누구도 당신에게 나누어 줄 수 없는 것이다. 그것은 그야말로 '하사품'이다. 만약 당신이 그것을 남에게 자랑하고, 세평(世評)을 불러일으키고, 개종의 새시대를 초래하고 혹은 단지 '작은 모임'에서라도 남에게 존경받고 감탄받으려고 한다면, 그것을 얻을 수도 가질 수도 없을 것이다. 당신이 모든 세속사에서 탈각(脫却)한 거처를 마련할 때 가장 확실하게 성령의 능력이 주어질 것이다.

4월 25일

사람들과의 올바른 교제는, 이것을 도저히 전폐할 수는 없지만, 역시 하나의 재능이나 — 너구나 크게 유용한 재능이기는 한데 — 다른 점에서는 뛰어난 사람들도 이 재능을 갖지 못하는 수가 많다.

4월 26일

육체적인 건강은 모든 병열(病熱), 신경질, 피로감,

위화감(違和感) 등이 전혀 없는 데 있듯이 어느 인물 혹은 시대 전체의 정신적 건강도 과도하게 색정적인 것, 그 외의 자극적인 것 그리고 기이한 것에 대한 혐오에서 알아볼 수 있다. 다눈치오, 플로베, 메테를링크 그리고 톨스토이도, 아니 〈친화력(親和力)〉이나 〈빌헬름 마이스터〉의 괴테마저도 완전히 건강한 정신에 있어서는 오랫 동안 견디어 낼 수 없는 것이다.

4월 27일

인간의 성격도 신경과 연결되어 있는 것이 많다. 신경을 언제나 진정시켜 둘 수가 있다면 고집, 노여움, 공포, 근심, 사람을 수줍어하는 것과 혹은 인간 혐오, 게으름 등의 많은 결점도 차츰 저절로 다 없어질 것이다.

4월 28일

근본적으로 기독교에서 떨어져 있는 것이 감히 자기가 신종교라든지 신철학이라고 주장하더라도, 그것에서 무슨 영속적인 선이 생겨난다고는 절대로 믿어서는 안 된다. 그리스도라면 모든 인류의 교사 중에서 맨 먼저 자기의 가르침이 어떤 새로운 것이며 역사적 발전과는 아무런 관계가 없는 것이라고 말할 수가 있었겠지만, 그래도 그렇게 말하지는 않았다.

4월 29일

간통이나 소위 도의적 순결이라는 것은 양성(兩性)

어느 쪽에나 동일한 문제이며, 따라서 부부의 어느 쪽
에서도 도의적 순결이 행복한 결혼을 형성하는 근본
조건이고 요구하는 데까지 우리들은 다시 한 번 생각
해야 한다.

4월 30일

가톨릭교는 원래 우리들보다도 결혼을 엄숙하게 다
루고 있지만, 가톨릭 교회가 스스로 정한 규칙을 빈번
히 결혼 무효 선고로써 회피하고, 그 선고가 이혼의 대
리가 될 뿐만 아니라 재혼도 허용하여 결국은 최악의
사태를 초래하고 있다는 것에 우리들은 항의하지 않을
수 없다.

5 월

5월 1일

신생(新生)에 대해서는 〈요한복음〉 제3장에서 그리스도가 이를 데 없이 귀한 말을 하고 있다. 그러나 이상스럽게도 우리들의 종교 개혁자는 다른 교의들에 비하여 이것을 아주 소홀히 하고 있는데, 이 신생은 보통 서른이 되어서야 시작되는 것이다.

5월 2일

〈마태복음〉 제24장 6~7절, 11~14절은 또다시 우리들이 지금 살고 있는 이 시대에도 상당히 정확하게 들어맞는다. 즉 모든 민족 사이에서 이 사랑의 복음이 피상적으로 설교되고 있는 것과 동시에 지진, 전쟁 그리고 가짜 예언자, 사랑의 냉각 등이 그러하다. 이것에 대하여 우리들이 해야 할 일은 지금 단순한 유물론 대신 나타난 모든 광신에서 멀어지고, 될 수 있는 한 이 세상에서 사랑을 가능하게 하는 것이다.

5월 3일

'사랑'이라기보다 오히려 우정이라고 할 이러한 사랑을 할 수 있음을 보여주는 사람이 얼마나 적은가를 당신의 생애에 있어서도 경험할 것이다. 그러나 그것에 당황함으로 해서 사랑을 버려서는 안 된다. 그래도 사랑은 신의 가까이에 있는 것 다음으로는 지상 최고의 것이다.

5월 4일

당신은 형제 N씨, 혹은 자매 X양이 참다운 기독교인 인가를 알고 싶은가?

나는 〈마태복음〉 제7장 1절과 2절을 앞에 놓고, 이것에 대답하는 것을 삼가겠다. 그러나 대체로 참다운 기독교에 대한 하나의 기준을 이 복음서의 제5~7장에서 찾아볼 수 있다.

5월 5일

육체적인 원인으로 일어나는 모든 허약, 고통, 근심, 번뇌 등을 동반하는 육체가 없는 어떤 생명이 있으리라는 것은 확실한 사실이다.

5월 6일

모든 문명국에서 하류 계급의 대중들이 기독교에서,

그리고 전체적으로 종교적인 것에서 완전히 이탈하여 다만 사회주의적 미래 국가에 그들의 처지 개선을 기대하게 되어 있다는 것은, 현대의 가장 나쁜 현상의 하나다.

5월 7일

〈이사야〉 제54장 17절과 제60장 14절은 수천년 전에 쓰여진 말이지만, 오늘날의 신문의 공격을 받는 자에게는 좋은 위안이 된다. 사실 어느 당파에도 전혀 소속되어 있지 않은 자는 도저히 그 공격을 면할 수가 없다. 다만 당파인만이 그들의 신문에서 중시되는 것이다. 그리하여 그들은 반대파의 신문에서도 공격을 받지 않을 뿐더러 오히려 관용되고 승인되는 것이다. 그 중간에 서 있는 사람은 자기들이 예언자의 더할 나위 없는 강력한 보호를 누리고 있음을 알아야 한다.

5월 8일

일상 생활의 수없이 사소한 일에 기독교를 가지고 어떻게 대처하며 극복해 나가야 할 것인가? 많은 성실한 사람들이 이렇게 자문하는 것도 이유없는 것이 아니다. 그러나 바로 여기에 그들이 지닌 기독교의 정도와 내용이 나타나 있다.

5월 9일

사람들에게 너무나 빨리 초보 단계에서 설법을 시작

하는 사람들은 —— 니체에 이르기까지 이것을 참지 못했던 사람이 참으로 많았다 —— 그릇된 철학과 종교 체계를 세웠다. 그리하여 같은 단계에 있는 많은 사람들을 만나게 되면, 내면에 있는 격한 정열로 하여 그 힘을 얻었다. 그러나 중요한 신의 목소리에 귀가 열릴 때까지 바울처럼 기다리는 사람은 지극히 드물다. 그러나 사람의 마음은 질풍노도기를 거치기 전에는 활짝 열리지 않으며, 확고불발한 신념 대신에 습득과 모방이 쉽게 생겨난다. 그렇게 되면 '효과가 없다'고 한탄하는 '보람 없는' 설교사나 저술가가 될 뿐이다.

5월 10일

참다운 선을 향한 올바른 지도자가 되고자 한다면 자신도 사람들을 인도하지 않으면 안 된다. 그리고 폭풍우와 타오르는 불길을 너무나 빨리 끄려 하지 말고 딱딱한 껍질이 녹아 내릴 만큼의 충분한 시간을 주어야 한다. 그리고 나서 적당한 시기에 조용한 목소리로 좋은 말을 골라서 이야기하는 것이 교육의 요령이다.

5월 11일

오늘날 학교를 갓 나온 사람들이 누구나 다 그러하듯이 당신도 세상에 자기의 사상을 펴보고자 하기 전에 먼저 자기의 내면 형성에 시간을 주어서 그것이 성숙할 때까지 기다려야 한다.

5월 12일

건강하고 쾌적하고 충분한 수면을 취하도록 애써라! 물론 누구에게나 다 가능한 것은 아니지만 그러나 이것은 확실히 최고의 신경 진정제이며, 마음의 흥분에도 뛰어나게 효험이 있다.

5월 13일

종교적인 내용을 가진 일련의 서적에 대해서는 나로서는 교부들과 스콜라 철학가들도 포함시켜 생각하지만, 이 서적들은 참다운 의미에 있어서 '신앙을 권장하는' 작용을 한다기보다 오히려 정신적으로 많은 짐을 지우고 혼란으로 이끄는 작용을 한다고 말할 수 있다. 당신이 신학을 연구하지 않는다면 이 서적을 모두 읽을 필요는 없다. 각 종류에서 견본 한 권씩으로 충분하다.

5월 14일

사람을 신뢰한다는 것은 언제나 위험하다. 더구나 그들의 신분과 지위가 높으면 높을수록 더 위험하다.

5월 15일

일반적으로 보아서 오늘날 철학은 사람들에게 별로 영향을 미치지 못하고 있다. 교양 있는 사람들마저 절충주의자이며, 어느 특정한 지도자에게 전적으로 따르려 하지 않는다. 몇몇 우수한 지도자들, 이를테면 헤

겔이나 셸링, 피히테, 헤르바르트 등의 이름은 거의 잊혀지고, 다만 근근이 대학의 강의나 교과서에서 연명을 이어가는 데에 지나지 않는다. 그 이외의 사람들, 이를테면 쿠노, 피셔 같은 사람은 재치 있는 강연가에 지나지 않으며, 인생의 인도자는 아니었다. 이 후자와 같은 종류의 결정적인 방향은 지금 괴테적인, 즉 미적으로 자기와 세계를 향락하려는 태도여서 그것이 하류 계급에서는 무신론적 유물론으로 악화되어 있다. 이것과 반대되는 것이 종교적 방향인데, 이것은 혹시 과거의 교회 형식을 다소 변혁시킬는지 모른다.

5월 16일

무엇을 숭배하고 싶다는 욕구는 인간의 천성이다. 그런데 우상 숭배가 참다운 숭배보다는 훨씬 용이하다. 참다운 숭배란 정신적인 내용의 파악이며, 그것을 따르려는 적극적인 노력이기 때문이다. 그러므로 숭배자가 보다 편리하고 좋은 숭배의 대상을 달리 발견하기도 하고, 혹은 숭배를 받고 있는 자가 그들에게 충분한 영향을 주지 않을 때에는 숭배자는 쉽사리 배교자(背敎者)나 배반자가 되기도 한다. 모두 교조들이 적당히 빨리 세상을 떠나지 않았을 때에는 언제나 이러했다.

5월 17일

신에의 접근을 한 번 경험하면, 당신은 그 감명을

평생 잊을 수가 없을 것이다.

5월 18일
엘렌 케이류의 '계몽'에 의해서 혹은 사회주의자, 폴란드 사람, 로마 교황청원 등에 대한 국가적인 방책에 의해서 무슨 효과를 얻을 수 있다고는 절대로 생각지 말라.

5월 19일
〈빌립보서〉 제3장 15절, 〈로마서〉 제6장 14절, 〈에베소서〉 제5장 8절. 이것은 신이 바랐던 인간의 경지이며, 우리들이 이 지상에서 도달해야 하고 도달할 수 있는 경지다. 그럼으로써 내일을 근심하지 않는 나날을 보낼 수 있고, 어떠한 경우에도 신의 인도와 명확한 지시를 받을 수 있고, 그리하여 가능한 모든 편안한 생활을 영위할 수 있는 것이다. 〈요한 Ⅰ서〉 제4장 3절과 6절도 물론 적절하다.

이 두 사도는 그들의 생애에 분명히 이 경지까지 도달하였다. 그러므로 우리들도 원하기만 한다면 거기에 도달할 수 있는 것이다.

5월 20일
다가올 시대의 주요 과제는 낡은 토대 위에라도 보다 생기에 찬 공동체를 새로운 정신으로 재건한다는 것이다.

5월 21일

우리들은 '개인주의'라고 부르는 에머슨 유의 세련된 이기주의에 빠지지 않도록 언제나 주의하지 않으면 안 된다. 거기에 교양이 높은 사람들의 위험이 있는 것이다. 그래서 나는 즉시 이렇게 말하고 싶다. 신의 강한 은총과 구제 없이는 이 위험을 도저히 피할 수 없다. 그러나 이 신은 결코 유일신교의 신일 수는 없다.

5월 22일

교양 있는 부인들에게도 봉사는 비교적 쉬우며, 이 점에서는 부인들이 우리들 남자보다도 훨씬 잘해 나가고 있다고 생각된다.

5월 23일

일생의 한 시기가 끝나면 그 시기 동안에 신이 약간의 진리를 가르쳐 준 데 대하여 감사를 하라. 그 진리들은 그 이전에는 아마도 아직 때가 아니었고, 충분히 인식할 수 있기 위해서는 그만한 기간이 필요했을 것이다.

진리는 조금씩 씹어야만 소화가 되는 것으로서 그것이 우리들의 살이 되고 피가 되지 않는다면 아무런 소용이 없다.

5월 24일

세상에는 분명히 말할 수 없이 괴롭고 거의 그 원인을 알 수 없는 숙명이 있다 —— 더구나 단지 피상적인 지식으로 그렇게 생각하고 간과해 버리는 것보다도 훨씬 많은.

5월 25일

내가 알고 있는 기독교의 가르침 중에서(사도, 교부, 중세기의 신의 탐구자, 종교 개혁자, 그 후의 설교사, 혹은 철학적 저술가 등) 나는 그리스도 자신을 각별히 잘 이해하였다. 또한 이것만이 참다운, 이것만이 신뢰할 수 있는 기독교이며 모든 교회를 무시하고 이것을 지키는 것이 가장 좋은 길이라고 나는 믿고 있다. 나의 전 생애를 돌이켜 보고 나는 순전히 이 점에만 가치를 둔다.

5월 26일

진정한 기독교가 참으로 놀랄 만큼 단순하게, 거의 아이들도 할 수 있을 만큼 쉽게 여겨지는 행복한 시간, 날, 일정한 시기가 있다.

5월 27일

기독교적 인생관과 결부되는 모든 행복이 미리 감득될 수 있다면, 세상 사람들은 모두 이 교로 몰려들 것이다. 또한 이 길에서 만나게 될 고난을 처음부터 모두다 예견할 수 있다면 누구도 이 길을 걸으려 하지 않을 것이다. 그러나 그들이 가는 길에서는 이것과 비슷한 것이 하나도 발견되지 않는다.

5월 28일

때때로 신은 자연 현상이나 자연물을 통해 우리들에게 말한다. 이것은 오늘날의 세계가 그래도 비교적 빨리 이해하는 말이다. 또한 때론 꽃을 통해, 특히 사랑스런 화법(話法)으로 —— 그러나 항상 어딘지 생기가 없는 꺾은 꽃이나, 온실에서 인공 재배된 꽃을 통해서가 아니고, 보름 전에 마구 꺾어 모은, 다 시들어 버린 알프스의 꽃은 다만 서러운 말만 할 뿐이다.

5월 29일

우리들이 만나는 사람들에게 무엇인가를 하고, 말하고, 생각하고 하는 것은 우리들의 의무다.

세상 사람들이(그들은 그것을 고상하다고 여기므로) 그렇게 하듯이 만나는 사람에게 다정한 눈짓도 주지 않고 냉담하게 혹은 경멸하는 마음으로 그들을 지나치지 않도록 하라. 아무것도 말할 것이 없고 할 것이 없을 때엔 최소한 어떤 좋은 것, 친절한 것을 생각하라.

5월 30일

현대 세속인들의 표정이나 모든 태도는 "나는 나를 제외한 내 주위의 모든 것을 경멸한다. 그들과는 아무런 관계가 없으니까"라고 말하고 있는 것 같다. 이것이 표정이나 태도에 나타나지 않을 때에도 대개는 보다 심한 애매함과 남에게 인상을 주고 싶다는 소망이

많이 숨겨져 있다. 이 소망은 대개가 그 외양의 치장
에 이미 나타나 있다.

5월 31일

요즈음의 성직자들이 어떠한 외모를 하고 있으며,
그것 때문에 어떠한 인상을 주고 있는가를 말하기가
어렵다. 어떤 때에는 그 도가 '너무나 지나치기' 때문
에, 어떤 때에는 '너무나 엷기' 때문에 아주 쉽사리
성직자라고 인식되는 수가 많다.

6월

6월 1일

남에게 가르친 것은 자신도 실행하도록 하라. 청년 시대에는 배우고 가르치는 것이 그 본분이지만, 나이가 많아짐에 따라 실행이 한층 앞서지 않으면 안 된다. 마지막에는 각자가 다 저마다 어떤 좋은, 그리고 진실한 사상은 명백히 표현되어 있지 않으면 안 된다. 그렇지 못하면 인생을 헛되이 산 것이 된다.

6월 2일

국민적인 혹은 가족적인 풍속이나 습관은 대개 모두가 다 어떤 좋은 외외를 가지고 있나. 그렇지가 않다면 풍속이 될 수 없었을 것이다.

그 의의를 찾아내도록 애써야 한다. 그리하여 습관이 아직 이 의의를 가지고 있는 한 그 습관을 보존하여야 한다. 왜냐하면 습관은 모든 일을 쉽게 해주기 때문이다. 그러나 그것이 의의와 정신을 잃었을 때에는 그것이 아무리 신성한 외모를 하고 있더라도 그 자리에서 물러나야 한다.

6월 3일

당신의 아이들에게 일찍부터 돈을 가지게 하여서 그것을 합리적으로 다루도록 길들이지 않으면 안 된다. 프랑스 사람은 이 점에서 비교적 잘 교육되어 있어서 자기의 처지 이상의 생활을 하는 경우가 극히 드문데, 이것은 독일 사람을 능가하는 그들 최대의 장점 중의 하나다. 사실 이 점으로 하여 이 나라에서는 풍요한 국토에서보다도 훨씬 더 많은 국민의 유복이 생겨나는 것이다.

6월 4일

언제나 신분에 알맞은 의복을 간소하게 그러나 산뜻하게 입도록 하라. '아무렇게나' 입는 것은 눈에 띄기 쉬운 사치와 함께 외국에서는 피하는 것이 좋다. 곤란하게도 우리들은 다름 아닌 외관으로 하여 어떤 국민으로 평가되기 때문이다.

6월 5일

인간성이나 영원한 평화에 대해서 말을 너무 많이 해서는 안 된다.

당신은 만나는 사람마다 그에게 좋은 일이 있기를 바라는가? 그러하다면 당신은 인간적이고 친절한 마음을 가지고 있는 셈이지만, 그렇지가 않다면 그것은 단

순한 상투어에 지나지 않으며, 회의장에는 어울리지만
우리에게는 어울리지 않는 것이다.

6월 6일

　모든 종류의 고용인들은 그들의 의무를 마치 군대에
있어서처럼 다하지 않으면 안 되며, 이 점에 조금도
소홀히 해서는 안 된다. 그렇게 되면 이번에는 당신이
그들에게 임금을 지불하는 이상의 의무를 지게 되며,
이렇게 하지 않는다면 당신은 절대로 좋은 고용인을
얻을 수 없을 것이다.

6월 7일

　지금 당신은 사도가 그의 교회에 보낸 편지를 읽고
서 유익한 진보를 하고 있다. 극히 초보적인 단계에서
는 아직도 좀처럼 그렇게 되지 않는다. 그러나 그 전
부의 말이 모든 시기에 똑같은 정도로 다 적합한 것은
아니다.

6월 8일

　우리들이 몇 번이고 되풀이하여야 할 인생 영위의
마지막 새로운 시작이 지금 다가오고 있다. 당신은 이
제 신학 책이나 철학 책의 다독을 완전히 그만두어라.
당신은 지금 행위에 적합할 만큼 충분히 강해져 있다.
행위만이 언제 어디에서나 우리들의 유일한 임무가 될
것이다. 그 나라에는 이제 교회나 책이나 설교는 없

고, 다만 생활과 행위만이 있을 뿐, 이 지상에서는 괴로운 노력의 성과였던 것이 거기에서는 이제 자명한 인간의 천성이 되어 있을 것이다.

6월 9일
〈사무엘 상〉 제3장 4절, 19~21절, 〈신명기〉 제13장 3절 · 5절 · 9절 · 11절.

만약에 당신이 일생에 한 번이라도 이 말들을 듣는다면, 자기 자신을 위해 인생에서 이제 아무것도 구하지 말고, 막대한 이익을 기입한 당신의 인생 계산서를 영원히 닫아 버리고 그 외의 인생 재보는 더 이상 아무것도 구하지 말아라. 그러나 계속 그 욕구를 버리지 않는다면 그것은 이해하기 어려운 약점이며, 최고의 것을 경시하는 것이라 할 수 있겠다. 그러므로 이 말들은 결코 누구에게나 그리고 빨리는 이루어지지 않는 것이다.

6월 10일
선한 일을 하는 데에 있어서 진보의 단계는, 그 하나하나가 똑같지는 않다. 그러므로 기독교나 혹은 한 교회 전체가 한 사람의 목사에 의해 인도되는 똑같은 양떼처럼 생각하는 사람은 잘못이다.

6월 11일
그 자체가 선한, 많은 것이 지나간다. 그것을 지나

가는 대로 버려 두어야 하며 결코 되돌리려고 해서는 안 된다. 인생은 끊임없는 진전이어야 하며 이미 있었던 것의 단순한 반복이어서는 안 된다. 최후의 날까지 하루하루를 하나의 작품이 되도록 해야 한다.

6월 12일

어떠한 종류의 '예수전'도 신용해서는 안 된다. 설령 그것이 그에게 호의를 가지는 마음으로 쓰여졌다 하더라도.

6월 13일

〈마태복음〉 제24장 11~12절, 35절, 제25장 21절, 제26장 41절.

이것은 현대의 특징이다. 이것을 예기하고 이것에 순응할 준비를 갖추어야 한다. 좋은 시대는 아닐 것이다. 공적인 교회나 기독교계에도 그러할 것이다. 이들은 이게 모든 이단 창조자들을 막아 낼 국가의 보호를 갖지 못하며, 그로 인하여 많은 사람들이 그들로부터 멀어져 가는 것을 볼 것이다. 그러나 그런 중에도 그리스도를 닮은 깃은 이 폭풍우를 견디어 낼 수 있고, 최후에는 재림(再臨)의 주로부터 착한 종이라는 증언을 받을 것이다.

6월 14일

굳건한 마음을 얻도록 애써라. 이미 수천년 전에 서

술되어졌듯이 곧 대담하여지고, 곧 낙담하여서는 안 된다.

이것이 바로 기독교도가 불행을 당하면 지극히 사소한 일에도 아주 낙담하여 울상을 하고, 행복을 만나면 아주 거만해지는 것을 보고서 속인들이 가장 많이 비난하는 점이다.

"그런 것쯤은 우리도 할 수 있다. 그것보다도 훨씬 많은 즐거움을 가졌다!"고 그들은 말한다.

6월 15일

그들 자신이 그것을 승낙하고, 또 그들이 당신에게 좋지 못한 영향을 주지 않는 한 당신 쪽에서는 언제까지나 오랜 친구에 대한 우정을 버려서는 안 된다.

6월 16일

세상의 많은 비참, 특히 모든 나라의 넓은 국민층이 상류의 유산 계급에 대하여 품고 있는 깊은 증오에 대해서 이 계급에 속하는 대부분의 사람들은 충분히 이해하고 있지 않거나, 혹은 일부러 눈을 가리고 그것을 알기를 피하고 있다.

6월 17일

사회주의에서 가장 싫은 점, 그것만으로도 내가 도저히 사회주의에 찬동할 수 없는 점은, 그것이 특히 질투를 인간 행동의 주요 동기로 삼고 또한 그것을 추종자들에게 가르치는 데에 있다. 질투 및 이것과 밀접하게 연결되는 악의의 기쁨은 탐욕과 함께 아직 개선되지 않은 인간 본성 중 가장 나쁜 속성이다. 참으로 유감스럽지만 덧붙이지 않을 수 없는 것은, 이러한 성질은 다른 영역에서도 얼마든지 볼 수 있으며 또 여러 국가 자체가 그 실례를 보이고 있다는 점이다.

6월 18일

내적 생활의 뿌리를 외적 생장에 맞추어서 늘릴 수는 없다. 혹은 벌받지 않고서 한 줄기에 두 개의 가지를 접목할 수도 없다.

6월 19일

만약 당신이 지금 생애의 황량한 시기에 있다면 미래의 계속에 관여한다든지, 혹은 돌이킬 수 있는 그 무엇도 없는 과거에의 회고에 빠져서는 안 된다. 오히려 당신은 아주 바쁘게 하고, 당신의 마음에서 부질없는 대망의 고통감을 제거해 주는 실제적인 어떤 일을 계획하라. 그러면 어느 날 당신이 그 일을 다 끝내기 전에 이미도 바라고 있던 변화가 갑자기 찾아들 것이다.

6월 20일

이 책에 쓰여져 있는 것과 같은 '지상의 낙원' —— 일상적인 생활의 노고나 분쟁은 이미 얼마쯤 해결되어 없어진 것처럼 보이지만 아직도 여러 가지 고뇌의 여운이 남아 있는 —— 과는 다른 '지상의 낙원'은 전혀 존재하지 않는다. 언제나 나란히 달리고 있는 옆길에서만 이것을 찾아 헤매는 자는 더욱 찾을 수가 없을 것이다. 그러므로 여기에 표시된 길은 벌써 얼마쯤 진보한 사람들을 위한 것이다.

6월 21일

모든 방면에 걸친 완전한 사랑이야말로 우리들이 올바른 내세를 맞이하기 위해서는 꼭 달성하지 않으면 안 될 이 지상 생활의 최후 목표라는 것, 동시에 이것을 위해서만 이 세계가 구제될 수 있는 '마법의 지팡이'라는 것, 인생의 어느 단계까지 도달하면 이것을 잘 알 수 있다. 이것에 비하면 한편으로는 이 훌륭한 목표의 완전한 달성을 바라면서도, 다른 한편으로는 이 목표가 우리들의 올바른 판단을 얼마쯤 그르치지 않을까 하고 근심하지 않는 것이 더 어렵다. 그러나 이것은 둘 다 그릇된 것이다. 이 전반적인 사랑이 우리들 자신에게서 나와서 우리들 자신의 힘으로 실현되어져야 한다면 우리들은 물론 도달할 수 없을 것이다. 그러나 이 사랑은 신의 진리에서 나와서 스스로 우리들의 내부로 흘러 들어오는 것이다. 그때 우리들은 이것을 막지 말고 갖가지 다른 이론이 머무를 장소만 주지 않으면 되는 것이다. 그러한 이론 중에서 가장 나쁜 것은, 사랑은 진리에 대해서 사람들을 맹목적으로 만든다는 이론이다. 그러나 이것도 옳지 않다. 증오나 단순한 냉담만으로도 사람을 근시안적으로 만드는 것이다. 그러나 사랑은 사람의 마음뿐만 아니라 정신도 활발하게, 명랑하게 또는 모든 인간적인 처세 능력보다도 훨씬 현명하게 할 수가 있다. '해보라'고 여기에서도 말하지 않을 수 없다. 우선 잠시 동안 의심스러운 것 속에서도 가장 친절한 것을(가장 감사를 받을 것이 아닌) 실행해 보라. 그리고 그 결과가 어떻게 되는가를 보라. 아무튼 당신을 둘러싸고 있는 가까운 또는 먼 사람들이 곧 그것을 인식하게 될 것이다.

6월 22일

낡은 아담을 고칠 수는 도저히 없다. 누구나 해보면 이런 경험을 할 것이다. 다른 새 인간이 나타나서 그를 정복하고 구축하지 않으면 안 된다.

6월 23일

이제 전혀 일을 하지 않는 노인들은 자신을 쓸데없는 존재로 여기고, 이런 고통스러운 자각으로 인하여 노하기 섭고 진소리가 많아시며 그늘에게 아직도 얼마간의 힘과 의미를 주는 재산에 매달리게 되어 차츰 욕심이 많아져 간다.

젊은 사람들은 '노년의 지혜'라는 것도 귀찮아 하는 수가 많다. 그러한 지혜는 자기들의 생활 단계에 아직은 딱 들어맞지 않는다고 생각하기 때문이다.

그러므로 나이가 들면 아주 조용하게 그리고 아직은 할 수 있는 정도의 일을 하면서 나날을 보내는 것이 가장 좋다.

6월 24일

우리들의 이웃에 대하여 우리가 완전히 공정하다는 것은 그렇게 쉽사리 될 수 있는 일이 아니다. 우리는 결코 그들을 있는 그대로, 혹은 최소한 있을 수 있는 대로 볼 수가 없기 때문이다.

예의라는 것은 이러한 공정한 허구인 것이다.

6월 25일

이제는 '굳은 마음'을 가지고 있지 않다는 것은 커다란 신의 은혜다. 신의 목소리에 마음을 기울이기 시작하면 이것을 확실히 깨닫게 된다.

6월 26일

"그러나 여호와께서는 너희에게 은혜 베푸실 날을 기다리신다."(《이사야》 제30장 18절)

구약성서는 바로 이 점에 있어서, 즉 신에 대한 인간의 관계에 대하여 우리들이 이 중요한 것을 완전히 이해하는 데 없어서는 안 되는 것이며, 말하자면 그 몇몇 군데에서 신은 우리들을 기다리고 언제나 우리들을 위하여 현존(現存)한다고 말하고 있다. 만약 그것이 사실이라면 왜 우리들을 삼가고, 그 자리에 없는가?

6월 27일

힘과 동시에 참된 지혜가 생기고 언제나 적당한 곳에서 정당히 그 힘을 쓸 수 있다면 이것은 참으로 좋은 일이다.

이것은 많은 '일깨워진 사람'에 있어서도 처음부터 있는 일이 아니다. 그것을 너무 서두르면 해를 입을 뿐이다.

6월 28일

신의 심판은 '의로운 자'에게도 '의롭지 않은 자'에게도 내린다. 신을 따르는 자가 언제나 방주나 바위 위에 보호된다고는 할 수 없다. 아니, 그렇게 되지 않는 것이 보통이다. 그렇지만 불행의 한가운데에서 그의 보호를 받고 있다. 그러므로 그들은 언제나 용기와 침착을 보여서 다른 사람들의 지주가 되어야 하는 것이다. 이것이 지금 곧 다시 중대사가 될 것이다.

6월 29일

신을 배반하였기 때문에 생긴 불행 속에서도 오히려 어떤 좋은 것을 찾아낸다는 것, 즉 마치 맹렬한 혼합물로서의 소금이 전체의 부패를 막듯이 개선이나 예방의 수단을 찾아낸다는 것, 이러한 것이 올바른 인생관이다.

6월 30일

당신은 정치를 완전히 단념해야 할 것인가? 절대로 그렇지 않다. 당신은 당신의 나라를 도와서 유지시키지 않으면 안 된다. 국가는 바로 지금 그것을 크게 필요로 하고 있다.

그러나 소위 '시대정신(時代精神)'이라는 것을 섬겨서는 안 된다. 또한 그 표어에 절대로 경의를 표해서도 안 된다. 그리고 철학 전체는 안심하고 거부해도 좋다. 철학은 번영하는 생활의 기초를 찾아내려고 애쓰지만 전혀 헛된 것이다. 진리의 영혼으로 살아난 보다 나은 사람들이 철학의 일에 착수하기 전에는 일시적이나마 철학에는 축복이 없다.

7 월

7월 1일

어떠한 일이 있더라도 가톨릭의 현대주의자와 밀접한 관계를 맺어서는 안 된다. 당신이 교회에서 현대주의(現代主義)의 논쟁에 어떠한 태도를 취하든 간에.

7월 2일

모든 시대와 모든 민족이 지닌 문학 전체가 더없이 풍요한 정신과 윤리적 높이를 가지고 있는 것은, 수천 년에 걸친 모든 문헌의 집대성으로 '성경'이라는 이름으로 널리 알려져 있는 것 외에는 없다 —— 다른 민족들의 종교서는 성경과는 도저히 비교가 되지 않는다. 이를테면 에픽테토스의 《개론》, 고대 스토아 철학의 정수를 포괄하고 있는 마르쿠스 아우렐리우스의 《명상록》, 플라톤의 〈대화편〉, 인도의 《마하바라다》와 그 중에서 가장 뛰어난 부분인 〈바가바드 기타〉, 공자의 《논어》, 거기에다 회교의 모든 문서 등. 특히 《코란》

은 《성경》에 비하면 훨씬 떨어지는, 거의 난잡하게 보이는 책이다.

7월 3일

"그분은 더욱 커지셔야 하고 흥하여야 하겠고 나는 작아져야 한다."(《요한복음》 제3장 30절) 세례 요한의 이 말은 늙어 가는 모든 사람의 피할 수 없는 운명이며, 또 다가올 위대한 시대의 선구자(先驅者)들 모두의 운명이다.

7월 4일

이 세상에서 가장 좋은 것이 무엇인가를 알고 싶은가? 신의 가까이에 있는 것, 정신과 육체의 건강, 좋은 결혼, 좋은 국민성과 교회, 살아가기에 충분히 좋은 직업, 좋은 친구, 좋은 교양, 생애의 주요 시기에 좋은 때를 만난다는 것, 가능하다면 여기에다 성령의 하사품 하나 등이 그것이다.

7월 5일

생명의 빛을 얻고 진리를 안다는 것, 이것이야말로 국가나 교회의 모든 개척자들이 원하고 있는 것이다. '계몽'이 그들 본래의 인생 목표인 것이다. 여기에 일찍이 이 세상에서 본 것 중 가장 큰 계몽을 받았고 또 가장 많이 계몽을 한 어느 한 사람이 있어서 어떻게 하면 거기에 도달하는가를, 그리고 참으로 결정적인 것이 결여되어 있을 때에는 왜 도달할 수 없는가를 말하고 있다. 진리 전달을 그 업으로 삼고 있는 사람들에게 있어서는 이 '진리의 영'이 바로 주요점이다. 이것이 없으면 그 외의 아무리 훌륭한 변설의 재능도 결코 영속적인 감명이나 효과를 남기지 못하는 것이다.

7월 6일

〈요한복음〉 제10장 17~18절, 34~36절은 부활을 보설(補說)하는 그리스도 자신의 본질적인 자기 증언이다. 그리고 이 말들은 절대로 존재하지 않을 참다운 전기 또는 모든 현실의 증언 중에서도 가장 큰 의의를 가지게 될 것이다. 그러나 우리들은 어느 이상하고 특수한 형상에 대해서는 보편적인 이상을 존중하는 것이 좋다.

7월 7일

보다 나은 것으로의 재생에 대한 희망이 없는 '휴식'은 실로 덧없는 휴식에 지나지 않는다. 그러한 휴식은 언제나 마구 뒤얽히는 감정으로 하루의 생활을 보낸 후에 오는 영원한 절멸을 의미하기 때문이다. 이러한 감정 속에서는 괴로움이 너무나 무거워서 죽음을 대가로 주면서까지 휴식을 열망하고 고뇌에서의 해방을 갈망하는 것이다.

7월 8일

인간의 행·불행을 순전히 기쁨과 괴로움이 남기는

감정으로 판단한다면, 결국 쇼펜하우어나 그와 같은 경향의 철학자들이 말하는 염세관이 옳다는 것이 된다. 왜냐하면 모든 기쁨보다도 괴로움이 훨씬 강하고 오래 지속되는 흔적을 추억 속에 남기기 때문이다.

7월 9일

"사실 사람들에게 떠받들리는 것이 하느님께는 가증스럽게 보이는 것이다."(〈누가복음〉 제16장 15절) 이것은 복음서의 약간 '역설적인' 표현의 하나다. 이와 비슷한 것이 아직도 많이 있다. 그러나 우리는 이 말들을 모두 믿어야 한다. 이러한 말들을 우리들이 일단 우리들의 생각 속에 넣어 버리면 그것은 우리들의 인생에 많은 영향을 줄 것이며, 이어서 그 많은 시기를 차츰 완전히 바꾸어 버릴 것이다. 지금까지 우리들은 그렇게 교육되지 않았으며 또한 교회에서도 그렇게 배우지 않았다. 그러나 이것은 흥분으로 그렇게 판단되어져서는 안 되고, 그리스도의 정신으로 판단되어져야 한다.

7월 10일

신이 우리들을 버리는 것이 아니라 언제나 우리들이 신을 버리는 것이다.

7월 11일

종교를 업으로 삼는다는 것은 매우 위험한 일이다.

7월 12일

기독교 문서가 때때로 보여주는 편협을 무서워해서는 안 된다. 이것은 읽는 것을 배우기 전에 쓰기부터 하려는, 너무 조급히 서두르는 자에게 전적으로 책임이 있다. 진리의 영은 —— 곧 깨닫겠지만 —— 세속적인 일에도 크게 유용한 것이다. 이 영은 세속적인 것 속에 있는 진실한 것, 유익한 것을 보여주고 보통 그것에 따르기 쉬운 악에서 그것을 격리시키기 때문이다. 그뿐만 아니라 모든 가면을 뚫고서 인간의 참 얼굴을 보는 것이다. 그러므로 이 영을 가진 사람 앞에서는 참 얼굴은 거의 알아볼 수 없는 눈의 표정 속에서도 드러나지 않을 수 없는 것이다.

7월 13일

"신이 눈에 보이지 않는다는 것은 신의 본질로 인한 것이어서가 아니라 신의 신성과 우리들의 부정에 기인하는 은비(隱庇)의 상태인 것이다."

현대의 어느 저술가의 생각이 만약 이러하다면, 우리들의 인생관을 완전히 바꾸어 버릴 것이다.

7월 14일

진리의 영혼은 바람처럼 뜻하는 대로 불어가며, 그때그때에 따라 인간의 그릇을 스스로 찾아내는 것이다.

7월 15일

우리들 문명 국가의 모든 길거리에 이렇게도 많은 피로에 지친 여자들이, 거친 시선을 하고 누더기를 입은 아이들이, 야수와도 같은 주정뱅이 남자들이 우글거리고 있는 한은 국제 회의를 열어서 휴머니즘이니 국제간의 영원한 평화니 하고 떠들어댈 그 시간에 차라리 각자가 진지하게 자기 가정의 질서를 만들어야 할 것이다.

7월 16일

당신은 어떠한 책이 쓰여지기를 가장 바랐던가? 이 경우 성경의 각 편은 문제 외로 하자. 역시 단테도 경쟁 외로 하자. 또 하나 평소에 무엇을 가장 애독하고 있는가라는, 취지가 약간 다른 문제도 고려하지 않기로 하자.

나의 대답은 이러하다. 스로 부인의 〈톰 아저씨의 오두막〉, 데 아미치스의 〈쿠오레〉 그리고 테니슨의 〈왕의 목동〉 등이다. 그 다음으로 괴테의 몇몇 작품과 실러, 그릴파르처, 칼라일 등. 훨씬 떨어져서 몇몇 교양 서적, 이를테면 특히 칸트와 스펜서가 계속된다. 그리고 고전(古典)으로는 결국 에픽테토스뿐이다.

7월 17일

〈누가복음〉 제11장 13절, 제10장 21절, 42절, 〈요한복음〉 제14장 17절. 이와 같은 직관적인 인식을 받아들이고 그것을 다치지 않고 소화하려면, 어떤 일정한 예비적인 수양이 필요하다는 데 유의해야 한다. 그렇지 않으면 독학자가 생겨난다. 그들은 물론 이 지상에서 많은 위대한 일을 해냈지만, 그래도 자기 자신에게나 남에게 위험한 점이 없지는 않았다. 그들은 영감(靈感)과 자기의 공상을 구별하지 못했던 것이다.

7월 18일

아무런 좋은 성과도 내지 못하는, 부질없는 시간과 정력을 많이 요구하는 일에서는 떨어져 있는 것이 좋다. 대다수의 단체, 회의, 위원회, 강연(하는 것이나 듣는 것이나) 등이 이런 것이다. 그러한 것이 생명력을 가진 유익한 것일 때에는 이것을 원조해야 하지만 과연 그러한가? 혹은 사회나 신문에 이름을 팔고 싶어하는 사람들의 스포츠에 지나지 않는 게 아닌가? 이것을 분별할 수 있는 바른 직관력을 가지고 있지 않으면 안 된다.

7월 19일

대중의 작용을 중시하고, 많은 신문에 실려 있는 것만을 존중하는 사람은 대개 참으로 위대한 일에는 쓸모가 없다.

7월 20일

여러 가지 계획을 세운다는 것은 대개의 경우 아무

런 소용이 없다. 기다린다는 것, 그리고 충분한 마음의 준비를 하고 신이 주는 기회에 주의하다가 때가 이르면 재빨리 자진해서 그것을 잡는 것, 이것이 성공으로 이끄는 길이다.

7월 21일

고결한 헨리 드라몬드의 다음과 같은 참으로 적절한 말이 있다.

"서투르고 불완전한 일을 하는 사람은 동시에 자기 스스로 자기의 서투르고 불완전한 성격을 만든다. 그는 언제나 허위에 감염되며, 눈에 보이지 않는 그 허위가 마치 미묘한 본질처럼 그의 일에서 빠져 나와서는 그의 영혼 속에 스며들어 그것을 해치는 것이다."

이 말에다 몇 마디를 더 붙인다는 것은 유감스런 일이지만, 이 말은 그러한 일을 많이 하고 있는 우리들의 시대와 우리들 전(全) 세대의 약점을 찌르는 것이다.

7월 22일

신의 인도를 받고 있는 사람들에게서 볼 수 있는 일인데, 그들에게 부과되었던 많은 임무나 일이 그들에게 적합하지 않든지 혹은 적합하지 않게 되었을 때에는 적당한 시기에 그들에게서 제거되어진다. 이것은 참으로 이상하다. 그러기 위해서 신은 곧잘 적을 이용한다. 그러면 적은 신 자신에게는 그다지 어울리지 않는 이 좋은 일을 실로 훌륭하게 해내며, 그렇지 않으

면 도저히 결심하기 어려운 것도 쉽게 할 수 있게 해
주는 수가 많다.

7월 23일

당신이 한동안 마음이 쾌적하지 못한 일이 있더라도
당신이 신과 예수에 대해서 사랑과 신뢰의 바른 관계
를 맺고 있다면 결코 불안해 하거나 슬퍼해서는 안 된
다. 그것은 새로운 좋은 단계로의 영적 진보를 낳게
하는 진통인 것이다.

7월 24일

현재 스위스에서 꼭 가져야 하는 것은 모범적인 교
육 시설(할덴슈타인, 마르슐린스, 부르크도르프, 이베
르돈, 호프빌 등의 사업의 계속)일 것이다. 즉 과로에
지친 혹은 너무나 허약한 청년들을 몸에 좋지 않은 영
향과 정신력을 해치는 일원론이나 니체주의에서 지켜
내기 위한 피난처가 될 그러한 교육 시설이다. 공립
학교에서는 지금 당장 이것을 할 수 없다. 이것은 확
신, 지도력 그리고 개인적인 헌신을 필요로 하는 다른
많은 일과 같이 우선 사립 시설이 담당해야 한다. 더
구나 이것은 모든 위대한 사업과 마찬가지로 소규모로
라도 시작되지 않으면 안 된다.

7월 25일

기도하면서, 눈을 뜨면서 잠시 동안만 더 참고 견뎌

라. 가족을 위해서도. 그러면 당신 최고의 시기가 꼭 올 것이다.

"주여, 나는 주의 구원을 기다리나이다."

7월 26일

〈이사야〉 제55장. 이 말이 진실이라면 어찌하여 이렇게 많은 사회적 비참과 그로 인한 많은 탄식이 있는 것일까? 그 전에 애써서 이 말대로 해보아야 하지 않을까?

7월 27일

그러나 〈이사야〉 제56장이나 제57장의 10절에서 21절까지는 거의 3천년이 지난 지금에도 마치 우리들의 현대를 위해서 쓰여진 것같이 느껴진다. 오늘날 신에게서 떨어져 나와 혼자 살고 있는 사람들은, 원래 불쌍한, 인간의 마음이 가장 그리워하는 평화라는 감정을 그 당시와 마찬가지로 지금도 가지고 있지 않은 사람들이다. 어떠한 사회 개량, 지식의 진보, 물질적 생활 조건의 인식 증대 등을 가지고서도 그들에게 이 감정을 부여할 수가 없다. 이것은 인간 존재에서 아주 유리되어 있는 영역이며, 많은 교양인이나 기술자에게 있어서는 신의 대용품이겠지만 완전한 것은 아니다.

7월 28일

이 지상에서, 특히 인생의 마지막 무렵이 되면 어느

가톨릭 성녀(엘리자베드 폰 바이욘)의 아름다운 말과 같이 자신이 '생명의 입김처럼' 아주 가볍고 자유롭게 느껴지는 순간이 나타난다. 죽음을 앞에 놓고서도 이러한 순간을 오랫 동안 느낄 수 있다면 그야말로 근사할 것임에 틀림없다. 그러나 우리들은 그것을 예측할 수도 없고 또한 훌륭한 사람들의 전기에서도 극히 불충분하게만 볼 수 있다. 그러나 아무튼 이러한 순간에는 이 지상 생활과는 다른 또 하나의 생활이 있다는 감정이 확고부동하여진다. 이것을 한 번도 경험한 적이 없는 사람은 참으로 불쌍한 사람이다.

7월 29일

독일의 영웅 서사시 중에서도 나는 발터와 힐데브란트의 노래가 가장 좋았다. 이 젊은 두 영웅이 지금의 헝가리에서 프랑스까지 함께 먼 도주를 하는 모양은 그야말로 충실한 독일적인 사랑과 약혼 시대의 상징이다. 간결한 문체로 일체의 감상을 배제하고 있지만, 게르만 문학의 그리고 아마 전 세계 문학의 어떠한 시에서도 볼 수 없는 심정의 자연스러움과 성실과 순수가 그려져 있다.

7월 30일

노년기에는 다음과 같은 두 가지의 전혀 다른 면이 있다. 아직 경험해 보지 못한 사람은 이해하지 못하겠지만. 자기가 아직 상당히 젊고 원기가 있으며 때로는

삶의 향락욕도 있다고 자각하는 경우, 다른 하나는 현
재의 육체와는 아무런 관계가 없는 전혀 새롭고 다른
생명력이 자기의 내부에서 일어나는 것을 느끼는 경우
다. 이것은 혼동되어서는 안 되는 각기 다른 힘이다.
특히 후자는 단순한 공상일 수는 없다. 때때로 그렇게
생각할는지도 모를 인간적인 고양 감정과는 아무런 공
통점이 없기 때문이다. 더구나 이러한 생명력은 결코
신경의 강장(强壯)이 아니며 죽음도 극복할 수 있는
다른 세계의 힘이다. 이러한 힘에는 인생의 마지막으
로서의 죽음이 존재하지 않는 것이다.

7월 31일

　체력을 소중히 하고 될 수 있는 대로 그것을 유지하
려 애쓰며, 그러기 위하여 의사의 충고를 잘 따른다면
그것은 확실히 좋은 일이다. 왜냐하면 우리들은 이 생
명을 내던져서는 안 되기 때문이다. 그러나 노년기의
주요사는 이것이 아니고, 다른 또 하나의 힘을 될 수
있는 대로 강화시키는 일이다. 이 힘은 죽음도 극복할
수 있으며, 사람으로 하여금 정신력을 충분히 가진 채
원기 있게 죽어 가게 해주기 때문이다.

8월

8월 1일

〈창세기〉 제28장 17절. 이 말이 다만 교회에만 들어맞는다고 생각하는가? 이것은 그 외의 다른 건물에도 훌륭히 잘 들어맞는다. 일요일에만 문이 열리는 우리 교회보다도 오히려 한층 더 잘 들어맞는다.

8월 2일

〈시편〉 제95편 7~8절. 이 음성을 당신은 자주 듣고 있다. 그러나 당신이 —— 참으로 훌륭한 사람의 마음에도 그러한 경향이 잦지만 —— 이것을 설든는다면 그때에는 이 시편의 앞에서 말한 결과가 생긴다. 그리하여 이러한 사람들은 아무리 신앙심이 깊을지라도 '그들의 휴식'에 들어갈 수가 없다. 이와는 반대로 듣고서 즉시 이것에 따른다면, 그것은 마음을 기쁨으로 가득 채워서 무엇보다도 가장 좋은 기분을 갖게 해준다. 동시에 무엇과도 비할 수 없는 신경의 강장도.

8월 3일

그러나 신의 음성에는 기꺼이 그리고 선선히 자발적으로 따라야 한다는 것을 명심하라. 신에 대한 두려움이나 인간에 대한 두려움으로 인해 마지못해 따른다든지 혹은 무슨 소망을 가지고서 따라서는 안 된다. 경우에 따라서는 쉽사리 그렇게 되지 않는 수도 있지만, 그 때에는 신이 그렇게 하는 것에 대한 기쁨을 줄 때까지 기다려야 한다. 성실하게 기다리면 기필코 이루어지는 것이다. 그러나 구실을 찾으면 이루어지지 않는다.

8월 4일

참으로 친절한 사람을 만난다는 것은, 직업상 많은 사람과 접촉하는 시민 계급의 사람들(모든 종류의 상인, 우편 배달부, 우편국원, 은행원, 기관사 등)에게 있어서는 때때로 아주 고되고 단조로운 생활 속에 스며드는 한 줄기 햇빛과도 같은 것이다. 그런데 그들에게 이 하잘것없는 기쁨을 주려고 생각하는 사람이 있을까? 그들의 봉사에 지불은 하지만, 그 이상의 빚은 없다는 것인가!

8월 5일

언제나 좋은 생각을 가지고서 매일 아침을 시작하라. 절대로 근심이나 한숨으로 시작하지 말라. 그러면

구름은 흩어 없어지고 얼마간의 햇빛을 하루 종일 갖게 될 것이다.

8월 6일

착한 일이라는 것은, 일단 잘 이해하고 받아들이고 나면, 지극히 하기 쉽고 자명한 것처럼 여겨진다. 그리하여 왜 좀더 빨리 그것을 하지 않았을까 하고 자문하게 된다.

8월 7일

권태는 모든 악덕의 원인이 되는 수가 많다.

8월 8일

허식적인 친절은 이것을 받아들이는 사람에게 언제나 좋은 기분을 준다고는 할 수 없다. 그러나 친절한 한마디의 말이나 혹은 다정한 눈짓 혹은 적당하다고 생각될 때의 조촐한 선물이라도 남에게 줄 어떠한 기회가 있으면 결코 그것을 놓쳐서는 안 된다. 나는 나의 생애 중에서 단 한 번 어느 가난하게 보이는 노인으로부터 그러한 선물을, 그것도 아주 정다운 미소와 함께 거절당한 기억이 있다. 그렇지만 그것만으로도 목적은 완전히 이루어진 것이다.

8월 9일

필연적으로 화해(和解)한 적이 있다는 것은 말하자

면 인생의 향연에 차려진 특별한, 더구나 흔하지 않은 미식(美食)이다. 이러한 일을 체험한다면 감사의 표시로 신에게 특별히 큰 초를 바쳐야 한다.

8월 10일

"올바른 일을 하고, 사람을 무서워하지 말라"는 것만으로는 이 세상을 극복해 나갈 수가 없다. 첫째로 누구도 완전히 올바르게는 행동할 수 없다는 전제 조건이 미리 세워지기 때문이다. 둘째로는 아무리 높은 자리에 있는 사람일지라도 다른 사람의 봉사와 호의를 받지 않고서는 결코 살아갈 수 없기 때문이다.

8월 11일

사람을 사랑할 수 없다는 것은, 그들을 무서워하는 것임에 틀림없다. 그것은 사람들에 대해서 무관심할 수도 없고 또 그들에게서 완전히 떨어져 있을 수도 없기 때문이다.

8월 12일

〈시편〉 제132편 14절. 만약 어떤 나라에 이 시편에 합당한 사람이 하나라도 있다면, 신은 그 나라를 멸망시키지는 않을 것이다. 그는 모든 사람들을 '지탱하는' 사람이며, 그로 인하여 재앙이 아직 일어나지 않고 있는 것이다. 민중들도 언제나 이것에 대한 본능을 가지고 있다. 그들이 이 경고에 따르지 않고, 자기들

을 닮았으므로 보다 기분에 맞는 다른 지도자를 선출
할 때에도.

8월 13일

그리스도는 아마도 당신의 생애에 대해서도 그가 할
수 있는 모든 것을 나타내려 할 것이다. 그러므로 당
신은 갖가지의 끊임없는 고난을 받을 것이다. 그러나
그때 불행한 생각을 가져서는 안 되며, 조금이라도 언
짢아 해서도 안 된다. 드라몬드는 이것에 대해서도 참
으로 좋은 말을 하고 있다.
　"커다란 시련의 극복은, 우리들의 시야가 넓어져서
어떠한 영속적이고 영원한 재보를 위하여 사는 것이
가치가 있는가를 판단해 주는 데에 있다."

8월 14일

너무나 많은 휴식은 너무나 적은 휴식과 마찬가지로
사람을 피로하게 한다.

8월 15일

남에게 안심(위안)을 주는 능력이 성직자의 능력 중
최대의 것은 아니지만, 다른 사람에게는 아마 가장 고
마운 것이 아닐까 한다. 그러나 나른 능력을 가진 사
람은 이러한 사람에 대해서는 어떠한 주제넘은 언행이
라도 허용되는 것이다. 그러므로 신앙이 없더라도 매
달릴 수 있는 것이라고 생각하고 있는 자들에 대해서

는 언제나 인내와 이해성 있는 차분한 마음을 기구하지 않으면 안 된다.

8월 16일

자기의 충동으로 행한 일이 하나도 이루어지지 않는다면 그것은 특히 헤아릴 수 없는 신의 은혜다.

8월 17일

가장 교양이 높고 훌륭한 사람에 속하면서도 기독교적 계시종교(啓示宗敎)와 소원(疏遠)한 사람이 참으로 많다는 것은 가슴 아픈 일이다. 그들은 종교를 의식적 혹은 무의식적으로 미망(迷妄)이라 여기는 것이다. 이것은 대부분은 그들의 종교 교사의 탓이지만 때로는 작은 장해일망정 방해가 되고 있으며, 그러한 실례가 그들에게 크게 영향을 미치고 있는 경우가 많다.

8월 18일

문제는 결국 때와 영원한 나라를 걸고 싸우는 대쟁탈전에서 마지막에 누가 이기는가에 있다. 그리고 이 지상은 그러한 쟁탈전의 무대이며, 때로는 피비린내 나는 전장(戰場)이 될 운명에 놓여 있는 듯이 보인다. 전쟁은 언제나 피로를 푸는 휴식이 있은 후에 새로이 대규모적으로 시작된다. 지금 아무래도 전쟁이 다시 시작되고 있는 것 같다.

8월 19일

당신은 사태를 그 필연의 추이에 맡겨 두어야 한다.
그러나 모든 것이 곡두[幻影]에 지나지 않더라도 조심
하여야 한다. 새로운 형상을 낡은 곡두와 바꾸어선 안
되기 때문이다.

8월 20일

진지하고 참을성 있게 신앙으로 기원한다면, 아주
쉽사리 자신을 바꾸고 나쁜 성질이나 습관을 버릴 수
있다. 산을 움직일 수 있는 마음도 바꿀 수 있다. 그
러나 이와 반대로 좋은 의도나 생각을 가지고서 본성
을 바꾸려고 하는 것은 어렵고 지겨운 일이라는 것을
알게 될 것이다.

8월 21일

그들에 대한 증오심이 마음에 싹트기 전에 적의나
악의 있는 사람들(무슨 적극적인 생활을 하고 있으면
그들의 공격을 받게 마련이다)을 곧 신의 손에 맡겨
버린다는 것은, 그것이 단순한 습관에 지나지 않는다
하더라도 매우 좋은 습관이다. 그렇게 하면 사태가 나
쁘지 않게 된다기보다 오히려 잘 되어갈 것이다.

8월 22일

때로는 반대자의 말이 옳을 때도 있다. 사람의 마
음이라는 것은 천성적으로 아주 이기적인 것이어서

어떠한 공격에도 모욕을 느끼기 때문이다. 모든 복수를 신의 손에 맡기는 습관을 지니면 반대자의 말도 훨씬 공평한 마음으로 검토할 수 있게 된다. 이와는 반대로 어떤 사람에게 반대해야 할 의무를 지녔을 때에는 상대방이 증오의 뿌리를 펴기 전 가까운 시기에 그에게 호의를 보여주도록 해야 한다. 될 수 있는 대로 빨리 다정한 말 한마디를 함으로써 증오심을 없앨 수 있다.

8월 23일

유다는 기독교를 오해하고 있었던 것이다! 이러한 종류의 사람들은 지금도 있으며, 기독교를 배반할 수도 있다.

8월 24일

〈요한복음〉 제15장 7절. (단지 사도라든지 종교 개혁자가 아닌) 주 자신이 이렇게 확약하였다는 것을 생각하고 주에 대해 올바른 입장을 취하는 사람이라면, 이제 결코 불평하지 않고 다만 기원하기만 할 것이다. 그러는 것이 결국 마음 편하고도 쉬운 일이며, 불평을 기꺼이 들을 사람은 없기 때문이다.

8월 25일

될 수 있는 한 언제나 평화를 만들어 내는 사람이 되어야 한다.

8월 26일

어떠한 약제사와 영약상(靈藥商)도 망각의 약을 발명하지는 못했다. 그러나 그 대용품인 알콜이 이 세상에서 그렇게 제압하기 어려운 힘을 발휘하는 것은, 사람들의 마음에 때로는 그 힘을 빌어서 마비시키지 않으면 안 될 추억이 있기 때문이다. 추억에 대한 유일하게 효험이 있는 약은 바로 추억 그 자체다.

8월 27일

승리를 얻은 자는 인생에서 다시 생겨날 수 없는 모든 것을 상속받을 것이다. 그러나 공격을 받지 않은 자는 그렇지가 못하다. 그리고 비겁한 자는 공공연한 반대자나 배교자와 마찬가지로 비참한 운명을 각오하지 않으면 안 된다.

8월 28일

세상에는 신문의 칭찬이나 비난에 좌우되는 비루한 중간 인종이 있어서, 신문의 소리가, 그것도 아주 하찮은 종류의 그것이 어떤 사람을 공격하면 가장 훌륭한 사람이나 일도 곧 외면하게 되고, 또 문필가나 다른 어떠한 최대의 전제자나 악당들이 신문과 출판으로 성공을 기두면 곧 그들의 낭예를 회복시켜 주며 국가의 기념 전당에 모시기도 하는 것이다. 이러한 자들이야말로 공화국의 파멸을 가져오는 것이다. 공화국에는 소위 '여론' 외에는 권위가 존재하지 않기

때문이다

8월 29일

인생에서 행복한 시기는 일에 몰두하고 있을 때다. '따스하게 타고 있는 난로 옆에서 설교집을 읽는' 독실한 교인이나, 혹은 가신들에게서 존경받으며 가장처럼 그들에게 둘러싸여 조용한 만년을 즐기고 있는 고귀한 영주(페스탈로치가 그린 유수 아르너 형의)나, 또는 전 세계의 어느 시기에 나온 책에 곧잘 있는 '유화한' 목사나 훌륭한 노교육가 등 이러한 감상적인 갖가지 인간상은 언제나 공상의 산물이었거나, 혹은 현대의 우리들 사이에서는 이제 진실이 되기 어려운 것들이다. 마지막 목숨을 거둘 때까지 활동적이어야 하는 것이 학자나 성직자를 포함한 현세의 생활인들의 의의이며 표어다 —— 그것이 우리들의 운명이라면.

8월 30일

청춘 남녀의 언행(言行)을 너무 진지하게 받아들여서는 안 된다. 특히 현대와 같이 모든 진리가 공공연히 토의 논란되고 있고, 대담하게만 행동하면 어떠한 바보짓이나 나쁜 짓도 이내 다수의 추종자에 둘러싸여 필경에는 판테온(萬神殿)에까지 들어앉게 되는 시대에 있어서는 젊은 사람들도 여러 가지 동요를, 특히 오늘날에 있어서는 기독교적 인생관과 일원론적 혹은 탐미

적 인생관과의 동요를 경험하지 않을 수가 없을 것이
다.

8월 31일

오늘날에 있어서 가장 좋지 못한 책은 정열에서가
아니라 이론적인 확신에서 인간을 다시 동물계로 진지
하게 끌고 가는 관능적인 책이다. 이와 동시에 대중적
인 체제로 쓰여진 신학적으로 비판한 책을 들 수 있
다. 이것은 인간에게, 그렇지 않아도 이렇게 가난한
이 세상에 천국도 또 확고한 이상도 부여하지 않는 것
이다.

9월

9월 1일

"위대한 사업은 천재가 시작하지만 그것을 완성시키는 것은 노고일 따름이다."

유감스럽게도 이 말은 글자 그대로 완전히 옳다고는 할 수 없다. 천재적인 사람들은 일을 해나가는 여러 단계에서 그들의 첫 생각을 계속 유지하지 않는다. 만약 그렇게 하면 그들은 권태에 빠진다. 그리하여 때로는 그 생각까지도 변해 버려 오히려 일을 중도에서 그만두게 된다.

9월 2일

대개의 경우 현대인을 올바른 길로 인도하려면 불행도 또한 도움이 되지 않을 수 없다.

9월 3일

복음서의 진실성 여부에 관한 문제에는 신경을 쓰지

않는 것이 좋다. 나는 이렇게 단언할 수가 있다. 켈수스에서 벨하우젠에 이르는 모든 비평가들이 이 문제에 대해서 서술한 것을 그 일부분만 배운다는 것까지도 보람이 없는 일이라고.

9월 4일

2천년이나 전에 우리들과는 전혀 관계가 없는 국가와 민족 사이의 전혀 다른 사정 하에서 성립된 세계관, 인생관에 도대체 우리들이 왜 따라야 하는가? 이러한 문제나 의문에 누구나 빠지기 쉽다. 교양이 있는 사람이면 누구나가 다 생애에 한 번, 혹은 몇 번은 이러한 의문이 생기는 것을 마음으로 느꼈으리라 생각된다. 이것은 아주 당연한 일이다.

그러나 한편으로는 끊임없이 새로운 기초 공사만을 하는 것보다는 역사적 기반 위에 근거를 두는 것이 더 쉽기도 하다. 다른 한편으로는 —— 이것이 주요점인데 —— 어떠한 철학적 인생관도 그리고 다른 어떠한 종교도 지금까지 모든 사람을 위한 참다운 행복을 가져다 줄 만한 충분한 힘을 보이지 못했다.

9월 5일

〈요한복음〉 제17장 3절은 어떤 사상을 지닌 나이 든 사람이 자손을 남겨 두고 피안으로 옮겨 갈 때(무덤으로 갈 때가 아닌) 가지리라고 생각되는 감정을 적절히 표현하고 있다. 이 감정은 또한 인생의 마지막 행로에 때때로 그늘을 던지는 일말의 애수(哀愁)이기도 하다. 물론 이것은 바로 이어 오는 내세의 빛에 환하게 비추어지겠지만.

9월 6일

참으로 좋은 결혼이란 도대체 어떠한 것인가? 주로 내세의 신생(新生)을 생각할 경우 먼저 세상을 떠난 아내와 거기에서 다시 만난다는 것이 당연할 뿐만 아니라 꼭 필요하다는 것을 느낌으로써 그 의미를 알게 되는 것이다. 만약 다시 만나지 못한다면 고통스럽게도 자기의 정신적 자아의 일부가 결여되어 있는 것이다.

9월 7일

몇몇 몽상가들은 —— 고귀하다고 해야 할지 모르겠지만 —— 언젠가는 기독교도, 다른 모든 종교도 다 같이 그 신비적인 혹은 그 외의 육중한 요소와 형식을 완전히 벗어 버리고 진리와 사랑의 순수한 정신적인 직관에 순화되리라고 믿고 있다. 그러나 인류는 아직도 거기에서는 멀리 떨어져 있고, 부분적으로는 아직 육체적 존재로 이루어져 있는 한 그만한 힘은 없다. 이것은 내세에서는 종교가 틀림없이 다른 형태를 취할 것이므로(〈요한 계시록〉 제21장 22절) 내세에서는 생각될 수 있지만 이 지상 세계에서는 생각할 수 없는 일이다.

9월 8일

복음서는 아무래도 보다 고도한 형태의 것이며 또한 분명히 보다 강한 정신적 집중으로 쓰여진 것이다.

9월 9일

당신은 끊임없이 그리고 될 수 있는 대로 많은 사랑의 씨를 뿌려야 한다. 이것이 교육 기간을 마친 후의 당신 생애의 일이다.

모든 씨가 다 싹튼다고는 할 수 없다. 이 각오는 하고 있어야 한다. 그렇지만 모두가 다 돌투성이 지면에 떨어진 씨가 되어서도 안 된다. 왜냐하면 세계는 사랑을 절실히 요구하고 있고, 사랑이 없을 때에도 언제나 사랑을 높이 평가할 것이기 때문이다.

씨를 어떻게 뿌리는가 하는 방법은 매일매일 조금씩 깨달아 가는 것이 가장 좋다. 일단 그 결심만 하게 되면, 그리고 모든 힘을 독점하는 생의 향락만을 생각하지 않는다면 그때에는 사랑의 씨를 뿌릴 기회가 얼마든지 나타날 것이다.

그러므로 한 번 노력해 보라! 가장 위대한 사업이라는 것은 해봄으로써, 일단 착수해 봄으로써 성취되는 것이다.

9월 10일

자기 자신에 대해서는 전혀 이야기하지 않는 것이 가장 좋다. 말로나 편지로도 하지 않는 것이 좋지만 그 중에서도 일기에 하는 것이 가장 좋지 않다.

다른 사람이 우리들을 평가하는 것은 대체로 올바르다. 그러나 우리들은 그것에 항상 신경을 쓸 필요는 없다. 참으로 유능한 사람이 언제까지나 과소 평가된 적은 결코 없으며 많은 사람들이 발판과 지주를 필요로 하여 스스로 유능한 사람에게 매달리기 때문이다. 우리들 자신에게는 모든 자기 평가 대신 그것으로 충분한 것이다.

9월 11일

인간이 서로 좀더 솔직하게 사귀려고 한다면 이 세상은 살기가 얼마나 수월해질 것인가! 거짓된 고려도 없고, 더구나 말에는 성의와 친절 이외의 의미를 포함시키지 않도록! 그러나 세상 사람들은 이러하지를 못하고, 부당하게도 말이라는 것은 탈레팡이 말한 '본심을 감추기 위하여'라는 의미밖에 없다고 생각하는 수가 많다.

절대로 그렇게 생각해서는 안 된다. 오히려 천진한 아이처럼 무엇보다 먼저 말에는 항상 선의와 성실이 당연히 따르는 것으로 여겨라. 나중에 그렇지 않다는 것을 알게 되더라도 지금은 그렇게 생각하는 것이 좋다.

9월 12일

많은 경험으로 미루어 보아서 결정적으로 이렇게 믿

어 주기 바란다. 즉 행복이란 주관적인 것이며, 자기 자신 속에 있는 것이 틀림없다고. 물론 외적인 일이 순간적인 행복을 불러일으킬 수 있다는 것은 사실이다. 그러나 그것이 오래 지속될까? 인생에 그러한 일을 계속적으로 기대할 수 있을까? 그렇지 않다는 것을 당신은 알고 있다. 그리고 누구나가 다 알고 있다.

9월 13일

에머슨은 "영혼은 무슨 일에 바쁠 때에는 영생이라는 것에 대해서 무관심하다"고 말했다. 현세에 초월한 내세의 일만을 늘 생각하고 있다는 것은 존재와 사고에 대한 일종의 병적 허약을 의미하는 것으로 인생의 대부분의 시기에 있어서는 이 말은 확실히 진실하다. 그러나 이것은 노년(老年)에는 들어맞지 않는다. 노년에는 그 반대의 현상이 나타난다. 현세의 갖가지 사상에는 현저하게 흥미를 잃게 되고 정신은 주로 내세의 생활에 관심을 가지기 시작한다. 마치 대대적인 이사를 앞두고 있을 무렵에는 지금까지 살던 집보다도 새 집에 대해 많은 신경을 쓰는 것과 같다. 그러므로 톨스토이도 중병을 앓다가 다 나았을 때 죽음에 대한 각오에서 다시 떨어져 나와야 한다는 것은 참으로 유감스럽다고 말한 것이다.

9월 14일

정신적인 혹은 육체적인 병을 앓고 있는 많은 사람

에 대해서, 특히 그 양쪽을 다 앓고 있는 신경병 환자
에 대해서, 그들의 병도 알고 있고 또 그들을 구제할
수 있는 혹은 최소한 고통을 진정시켜 줄 수 있는 약
도 알고 있으면서도 그 약을 쉽사리 사용할 수 없다는
것은 참으로 슬픈 일이다.

9월 15일

진실을 있는 그대로 과장 없이 말하라. 그것을 할
수 없을 때에는 침묵하라.

9월 16일

우리들은 올바름을 배우지 않으면 안 된다. 이 세상
에서 배울 수 없으면 또 다른 삶에서 새로 시작해야만
할 것이다. 이 세상에서 배우자.

9월 17일

신의 은총을 의식하는 것을 제하면 의무를 다하였다
는 의식이 가장 강렬한 행복감을 준다. 전자는 언제나
그 자격이 없는데도 주어지는 것이므로 자기 스스로
획득할 수는 없다. 그러나 후자는 확실히 자기 스스로
획득할 수가 있다. 이것은 순전히 당신의 생각 여하에
달려 있기 때문이다.

9월 18일

아무튼 이 세상의 악인(惡人)이나 악에는 진리와 사

랑을 잘 섞어서 대하지 않으면 도저히 이겨낼 수가 없다. 악인과 동일한 무기로 싸운다 해도 승산은 없다. 그들의 지반 안에서는 마치 거인 안타이오스의 신화에 있는 것과 같이 악인은 아주 강력한 것이다. 그러나 다른 지반에서는 곧 다른 영을 느껴 악에 비해서 자기가 강하다는 것을 자각한다.

9월 19일

〈신명기〉제10장 12~13절. 당신이 주위에 있는 친숙한 사람들의 인생 행로나 당신 자신의 과거를 되돌아보아서 과연 이 말대로 했는가를 살펴보아라. 그리하여 그대로 했다면 이후로는 현대의 진보설(進步說) —— 그들의 의견에 의하면 이러한 '과거의 유물이 된 것'이라 하여 이제 믿지 않으려 하지만 —— 의 이러한 우론(愚論)에서는 자기의 개인적인 체험에 많은 영향을 받지 않겠다고 결심하라.

9월 20일

당신이 이제 자기의 힘을 믿지 않고 언제나 신의 힘을 믿을 수 있게 되었다면, 그때에는 모든 승리가 당신의 손 안에 또한 고난을 기뻐하게 될 경지에 이를 수가 있다. 그러니 이것은 참으로 높은 단계다.

9월 21일

〈요한복음〉제12장 38~50절. 이 말은 이 세상에서 어떠한 방법으로든지 신의 나라를 지키지 않으면 안 되는 모든 사람들에게 좋은 교훈이다. 첫째로 많은 사람들이 믿지 않더라도 그것을 의아하게 여겨서는 안 된다. 다음으로 그들의 말을 속으로는 믿고 있으면서도 그것을 아직 분명히 표현할 수 없는 사람도 적지 않다는 것을 냉정히 알고 있어야 한다. 셋째로 그들은 이 세상을 심판하는 자가 아니고 이 세상을 구제하려는 자여야 한다. 이것이 주요한 것이다. 그리고 마지막으로 그들의 말을 경멸하는 자는 벌써 자기 자신 속에 심판자가 들어가 있다는 것을 알아야 한다.

그들은 언제나 신이 명한 것을 더하지도 덜하지도 말고 그대로 이야기하도록 애써야 한다.

9월 22일

〈요한복음〉 제10장 17~18절. 이것은 십자가 위의 주도 위로하였을 것임에 틀림없는 부활의 약속일 뿐만 아니라, 조금 다른 의미로 우리들 하나하나를 위하여 말하여진 것이기도 하다. 우리들은 자기의 생명을 또 자기의 힘으로 쌓아 올린 인생을 자발적으로 버리고 그 대신 신의 힘에 의한 보다 나은 생명을 얻도록 하지 않으면 안 된다. 이것은 쉬운 일이 아니지만 할 수 있는 일이다.

9월 23일

남들을 비판하지 않고 같이 살아가도록 한 번 애써

보아라. 만나는 사람에게마다 그 기회에 따라서 자연스럽게 좋은 일을 바라고, 말하고, 행하도록 애써 보아라. 그것이 당신의 생활에 어떠한 좋은 변화를 일으키는지, 당신은 참으로 놀랄 것이다!

9월 24일

평안한 생활을 하고 싶으면 〈마태복음〉 제6장 33~34절에 따라 생활하면 된다. 이 말들은 내 생애의 어느 시기에든 모든 철학이 할 수 있는 최고의 봉사를 내게 해주었다.

9월 25일

〈마태복음〉 제11장 27절. ‘신학’이라는 것은, 이 적극적인 말은 언제나 무시하지 않으면 안 될 것이다. 그러나 우리들은 이것에서 벗어나지 않고 오히려 모든 ‘그리스도론’이나 ‘예수전’을 버리고서 그리스도를 통하여 직접 신의 인식을 구하려고 한다.

9월 26일

〈요한복음〉 제8장 1~12절. 이 이야기는 갖가지 주석이 생기게 하였다. 나는 이 죄의 여인을 고소한 사람들이 ‘일시적으로 양심이 가책을 빋있다’고는 하지만 나중에 그 양심의 가책(그들의 명예가 될 뿐이지만)에서 깨어나 그리스도가 말하는 것은 너무나 관대한 도덕이라고 비난했으리라 생각한다.

9월 27일

사람은 누군가 의지할 수 있는 사람이 필요하다. 가장 훌륭한 사람이라 할지라도 언제나 자기 혼자의 힘은 충분할 만큼 강하지 못하다.

9월 28일

당신의 본성이 인생을 엄숙하게 생각하게 한다면, 아마도 마지막에는 신을 사랑하는 것이 모든 일 중에서 가장 좋은 일이고 신에의 이 강한 감정은 바울이 그 제자 디모데에게 말했듯이 확실히 범사에 유익하며, '금생(今生)과 내생(來生)의 약속'을 가진다는 견해에 도달할 것이다. 일단 이것을 분명하게 깨달았다면 이것을 굳게 지켜야 한다.

9월 29일

〈시편〉 제91편과 루터의 찬송가 〈내 주는 강한 성〉 그리고 알텐부르크의 〈낙담하지 말아라, 작은 무리여〉는 커다란 위험에 직면했을 때나 혹은 우리들이 누구에게나 곧잘 있을 수 있는, 무엇을 생각해도 심한 열등감에 빠지며 그것이 인간의 정신을 억압하여 모든 투쟁을 포기하게 하려 할 때에 좋은 위로가 되는 노래다. 그럴 때에는 이 노래를 몇 번이고 되풀이해 읽어서 원기를 되찾아야 한다. 용기를 잃지 않는다는 것이 이 세상의 전부다.

9월 30일

이 세상의 어느 나라에서나 훌륭하고 위대한 사업을 하기 위하여 많은 사람을 친구로 가져야 한다고 절대로 생각해서는 안 된다. 모든 위대한 일은 소규모로, 적은 사람으로 시작되는 것이다. 당신은 이것을 각오하여야 하며, 또 아이들에게도 소수파에 속하는 것을 이상하게 여기지 않도록 교육시켜야 한다.

10 월

10월 1일

상당히 진보한 사람도 생활에 있어서 때때로 갑자기 영혼의 슬픔에 빠질 때가 있다. 그것도 다른 때 같으면 아마 거의 신경을 쓰지 않았으리라고 분명히 알 수 있는 그러한 원인 때문에, 그러면서도 마치 우리들의 마음 속에 빛이 다 사라져 버린 것 같으며, 또한 마치 우리들이 알지 못하는 죄의 힘에 내맡겨진 것같이 느껴지는 것이다.

10월 2일

"용기를 잃지 말라, 그리고 용감하라. 때가 되면 분명히 위안이 올 것이다!"

나이 든 토마스 폰 헴펜의 이 말은 괴로운 시기에 우리들의 마음으로 몰려온 적이 많았다. 그리고 곧 위안이 주어졌다. 그러나 대개 위안이 필요할 때에 비로소 주어졌으며, 그 이전에는 주어진 적이 없었다. 왜냐하면 그것이 우리들에게 신 이외의 어떠한 것에서도 위안을 구해서는 안 된다는 것을 또 자신의 힘을 조금이라도 비축한 채 그것을 구해서는 안 된다는 것을 배우게 하기 때문이다.

10월 3일

'사회 문제'에 실천적으로 좀더 깊이 관여하고 싶다고 한다면 물론 그것에 대해서 조금도 이의가 없으며 또 실천의 기회도 얼마든지 있다. 그러나 이와는 반대로, 그것의 단순한 이론적 연구는 별로 도움이 되지 않는다. 뿐만 아니라 그것에 대해서는 이미 질릴 만큼 많은 책에 쓰여져 있다.

10월 4일

조용히 진리를 이야기하라. 최소한 너무 과격하고 논쟁적이 아니라면 그것으로 충분하다.

10월 5일

이 세상이 당신을 사랑하지 않을 때에는 얼마간 당신을 미워할 것이다. 이 세상은 마음으로 그의 말에 따르는 것만을 사랑하는 것이다.

10월 6일

당신은 다만 빛이면 된다. 그러면 꼭 빛날 것이다. 어둠은 온갖 힘을 다하여 당신을 지우려 할 것이다.

그러나 어둠이 방해하지 않고 계속 빛나게 내버려 두는 것이 있다면 그것은 언제나 어둠에 속하는 것이다. 어둠 역시 어둠이라 불리지 않고 빛이라, 개명(開明)이라 불리고 싶어하기 때문이다.

10월 7일

악은 공격을 받으면 저항한다. 이것은 물론 당연한 것이다. 그러나 (이해되지 않는 경우가 많지만) 선이 아무런 공격의 의도도 없이 나타날 때에도 악은 자신을 방어하지 않을 수 없다. 이것은 대개의 악의 대표자가 약하다는 것을 보일 뿐이다. 어둠은 빛이 빛나기만 해도 곧 극복하지 않으면 안 되기 때문이다. 어둠은 빛과 함께 존재할 수가 없으므로 빛의 존재가 언제나 어둠에의 공격이 되는 것이다. 그러므로 어둠은 빛을 배척하지 않을 수 없는 것이다.

10월 8일

인간과 세계와의 실상을 알면 알수록 그리스도의 위대한 인간지(人間知)에 놀라지 않을 수 없으며 또한 그리스도의 세계관을 다른 세계관으로 대치시키려는 인간의 어리석음에도 놀라지 않을 수 없다.

이러한 태도는 인간지가 전적으로 결여되어 있는 데에 원인이 있다. 이것을 잘 이해하여 소위 '이상주의' 따위는 입 밖에 내지 않는 것이 좋다. 그 반대로 사물을 그 외관에 의하지 않고 그대로 보는 것이 참다운 이상주의인 것이다.

10월 9일
사물을 사랑하려 한다면 —— 이것이 모든 인간 교육에 필요한 것이지만 —— 판단을 그만두지 않으면 안 된다.

10월 10일
인간의 영혼은 그것이 어린 아이나 범죄자의 영혼일지라도 그 자신과 신에게만 속하는 것이다. 가령 인간의 육체적 존재에 대해서 법률이 자유로운 조치를 우리에게 허용할 때라도, 우리들은 난폭하게 혹은 주제넘게 그 영혼을 마음대로 한다든지 그 속으로 침입해서는 안 된다.
다만 사랑만은 자기의 마음을 이쪽에서 먼저 줌으로써 '당신의 마음을 나에게 달라'고 말할 수 있다.

10월 11일
단호히 선한 사람들의 편에 서라. 악의 전 세력에 대항하는 커다란 '구세군'의 용감한 일개 병사가 되라.

10월 12일
선과 악의 투쟁은 언제 어디에서나 행하여지고 있다. 선악의 피안이라는 것은 존재하지 않고 다만 정도의 차이가 있을 뿐이다. 혹은 확실치 않게 양자가 뒤섞여 있는 경우도 많다. 이것은 우리들의 모든 제도, 이를테면 국가, 교회, 교육, 결혼, 가정 등에 사실 존재하고 있다.

10월 13일

당신의 생활 계획에서 모든 무익한 일이나 무위에 지나지 않는 것, 뿐만 아니라 모든 불필요한 그리고 열매를 맺지 않는 일은 제거하라. 그러한 일만을 하고 있는 모든 단체나 집회 나아가서는 교회에서도 탈퇴하라.

10월 14일

〈에제키엘〉 제37장. 이제 곧 이러한 일이 다시 일어날 것이다. 마른 뼈란 오늘날의 교회를 의미한 것이다. 그러나 벌써 하늘에서 이 위로 바람이 불어와 죽음에 빠져 있는 것 속에서 삶이 움직이는 소리가 나기 시작하고 있다.

10월 15일

사랑이란 언제나 보기에도 흐뭇한 광경이다. 꼬마 아이가 고양이 새끼나 새나 토끼를, 아니 그뿐만 아니라 목각 인형을 상냥하게 안고 있을 때에도 인간다운 자기 교육을 하고 있다고 느껴진다. 이와는 반대로 학교 교육의 방법은 부질없이 명예심을 자극하는 것으로서 일생 동안 그것만을 쫓아가면 될 그릇된 궤도 위에 젊은이를 올려놓아 필경에는 그들을 야심가나 완전한 이기주의자로 만드는 것이다.

10월 16일

증명된 신이라 이 세계를 말하는 것이라고 하는 재치 있는 말은, 사실 그 자체가 많은 의미를 가지고 있다. 왜냐하면 한편으로는 모든 증명된 것은 아주 허식적인 것으로서 대개는 기초가 박약하여 세속적, 교회적, 목적에만 유용하기 때문이며, 다른 한편으로는 또 우리들의 지상적(地上的) 오성(悟性)에 있어서 신의 증명이 불가능한 것은 말하자면 신의 숭고성과 위대성을 증명하는 것이기 때문이다. 그러나 신은 신을 사랑하는 모든 사람에게 삶의 여러 가지 사실을 통해서 언제나 느껴지고 경험될 수 있는 것이다.

10월 17일

인간의 본성을 존중하는 까닭은 이것에 선을 행하고 위대성에 이르는 능력이 있기 때문이다. 이 본성을 존중하고 법을 가정에서 배우기는 힘들고, 학교나 상류 사회에서는 전혀 그 기회가 없다. 오히려 '일반적인 서민'을 관찰함으로써 그것을 배울 수가 있다.

10월 18일

"내 영혼을 옥에서 이끌어 내사 주의 이름을 감사케 하소서." 이것은 앗시시의 성 프란체스코의 마지막 말이다. 이것은 또 우리들의 마지막 말이 될지도 모른다. 전체로서 생각해 보면 이 괴로움 많은 육체적 존재가 노년에 이르러서는, 자유와 보다 좋은 거리낌 없는 활동 능력을 갈망하는 영혼에 있어서는 점점 더 감옥으로 여겨지기 때문이다.

10월 19일

우리들이 오래 전에 극복했다고 생각하고 있던 내적, 외적인 유혹이나 시련이 때로는 보다 높은 삶의 단계에서 다시 되풀이되는 수가 있다. 이러한 일이 일어나더라도 너무 놀라서는 안 된다. 이럴 때야말로 이미 획득한 인생관이 나타나는 것이다.

10월 20일

신의 은총과 구원이 나타나는 것은 특히 괴로울 때이며, 언제나 우리들의 어두운 운명의 어느 한 점이 밝아짐으로써 나타나는 것이다. 때로는 어느 한쪽 방향에 있어서는 이제 고난이나 근심이 아주 없어져 버린다는 실로 뚜렷한 방법으로 나타나는 수가 있다.

곳곳마다 빛만이 있을 뿐 어둠은 전혀 없다는 것, 이것이 '영원한 휴식의 경지'이다.

10월 21일

인간의 천성이 잘 훈련되어 있어서 필경에는 모든 선을 스스로 전혀 주저함이 없이 자연스럽게 행하게 되고 모든 악에 대해서는 혐오를 가지게 되면, 그것은 이 세상에 있어서의 가장 올바른 일이며, 또 우리들이 도달할 수 있는 최고의 단계다. 그때에 인간은 신이 뜻하는 대로의 인간이며, 인간으로서 이 지상에서 될 수 있는 최고의 인간이다. 이것이 우리들의 지상 목표이다. 그러므로 거기까지 도달하지 않으면 안 된다.

10월 22일

어제 말한 것은 정신적 건강에 대한 것으로서 단순한 육체적 건강보다도 더 중히 여기지 않으면 안 된다. 정신적 건강이 없이는 육체적 건강도 완전하다고는 볼 수가 없는 것이다.

행복의 진주는 정신과 육체가 다 완전히 건강하며, 어떠한 때에도 의를 행할 각오를 가지고 정신에 해로운 모든 것을 쉽게 극복할 수 있는 데에 있다고 말할 수 있을 것이다.

10월 23일

나이가 많아지면 언제나 어떤 피로감을 느낄 것이다. 신의 가까이에 있다는 이 지상의 낙원도 이것을 막아 주지는 않는다. 그러나 이 피로는 매일매일 새로이 보내어지는 하늘에서의 힘이나, 혹은 구원을 바라고 기다리면서도 그것을 너무 조급히 바라지 않는 인내심과 결부되어 있다. 이러한 인내심이 바로 이미 성화에 가득찬 행복을 주는 감정인 것이다.

우리들은 미래에 눈을 돌리면서도 기꺼이 현재에 머물러 있는 것이다.

10월 24일

신경 쇠약은 먼저 소리에 대한 과민, 두뇌나 발의 피로감, 그리고 마지막으로 잠을 이루지 못함으로써 얻어지는 것이 보통이다. 이것에 대한 처치는 충분한 수면, 따스함, 신선한 공기, 운동, 가볍고도 좋은 영양(그러나 알콜이나 그와 비슷한 것은 절대로 안 된다), 여기에다 정신적 활기가 따른다.

10월 25일

남을 위하여 어느 정도 근심한다든지 애를 쓴다든지 하지 않으면 누구도 정신의 건강을 유지할 수가 없다. 그러므로 가족을 위해서는 때로 과한 일도 하지 않으면 안 되는 충실한 어머니, 자기의 직분을 임금의 일로만 생각지 않는 하녀, 기꺼이 임무를 다하는 용감한 군인, 공장의 번영을 다소 염두에 두고 있는 선량한 노동자, 이러한 사람들은 유복한 게으름뱅이보다 행복하다. 그러므로 한층 전진하여 '일하며 실망하지 않을' 일이다.

10월 26일

좋은 일이면 아무것에나 직접 참여한다는 것, 이것은 필요하지도 않고 또 되지도 않는 일이다. 사람에게는 저마다 특히 맡겨진 한정된 영역이 있는 것이다.

10월 27일

사회주의자들도 우수한 점을 가지고 있다. 그들과

민중과의 연결은 가장 직접적이며, 민중을 위해서 하는 노고는 사실 어떤 면에서는 신이 그들을 통하여 신의 사업을 행하고 있는 것과 같다. 사회주의자의 강점은 그들의 근본적 견해의 이러한 부분적인 정당함에 있는 것이지 그들의 선동 방법에 있는 것이 아니다. 그러므로 우리들은 그들을 신의 무의식적인 종이라고 생각할 필요가 있다. 그리고 그들의 무신론에도 불구하고(그 외의 점에서는 우리들도 마찬가지지만) 그들도 역시 신의 관용 아래 있는 것이다.

10월 28일

다툴 때에는 정당한 쪽의 사람이 먼저 약간 양보해야 한다. 다른 쪽의 상대는 보통 그렇게 할 수가 없는 것이다. 왜냐하면 부정은 억센 노예의 사슬로서 노예 자신이 그것을 완전히 끊을 수 없기 때문이다.

그러므로 그가 허용하는 한 —— 당신에 대한 그의 의지는 아직 자유이므로 —— 그들을 도와 주어라.

10월 29일

현재 악은 분명히 이 세상의 거대한 힘이며, 넓은 세력권을 가지고 있다. 악은 여전히 이 세상의 군주다. 그러나 '심판된 군주'이며, 그 지배권을 차츰차츰 포기하지 않으면 안 될 것이다.

10월 30일

〈요한복음〉 제20장 21~23절. 이것은 최대의 하사품이며 전권 위임이지만, 어느 교회나 일정한 성직에 주어진 것이 아니고 그리스도의 참다운 사도 하나하나에게만 주어진 것이다. 그러므로 그 사도는 이 하사품을 써야 하며, 무서워한다거나 혹은 사람들의 갖가지 장점에 현혹되어서는 안 된다.

10월 31일

신에 봉사하는 생활보다도 더 재미있는 생활은 없다. 그 내적 운동의 진폭은 상하로 한없이 넓어 심연을 지나고 환희에 찬 하늘 나라의 골짜기를 지나는 도중에서 모든 위험을 만나지만 잘 벗어난다.

11월

11월 1일

〈고린도 전서〉 제15장 10절. 그러나 나의 다 된 것은 하느님의 은혜로 된 것이니 내게 주어진 그의 은혜가 헛되지 아니하였다. 이것은 아마도 당신이 바울과 함께 당신에게 허용해서 좋을지도 모를 겸허한 자랑이며, 이 지상의 다른 어떠한 명성이나 호평보다도 훨씬 나은 것이다.

11월 2일

죽음이 무섭게 생각되는 것은 원래 그것이 새로운 것, 익숙지 못한 것, 특히 미지의 것이기 때문이다. 그러나 이 육체를 차츰 많아져 가는 그 약점과 함께 내버릴 수가 있다는 것은 자기의 영생을 확신하는 정신적인 인간에게 있어서는 결코 불쾌한 것이 아니다. 죽는다는 것은 훨씬 유리한 조건 하에서 여태까지 쌓아온 모든 경험에 의거하여 삶을 다시 한 번 시작해도 좋다는 것을 의미하는 것이다. 더구나 지금보다도 훨씬 나은 사회에서. 그러니 죽음을 무서워할 필요가 있겠는가?

11월 3일
나에게 무슨 충고를 해달라고 한다면, '기도하다'라는 말을 당신의 사전에서 없애고 그 대신 '간청하다'라는 말을 넣도록 권하고 싶다.

11월 4일
주목해야 할 것은, 현존하는 대립을 감춘다든지 혹은 표면적인 '관대'나 한때 유행하던 말로 '중재'로 화해시켜야 할 것이 아니고, 대립은 대립대로 그것을 인정해야 한다는 것이다.

11월 5일
얼마간 인생 경험을 쌓은 사람들에 있어서는 우리들 스스로는 일의 성과를 볼 수가 없으며, 더구나 그 가장 좋은 성과는 도저히 볼 수가 없으리라는 것은 커다란 위안이 되는 것이다. 왜냐하면 우리들은 인간을 위하여 또 그 칭찬을 위하여 일을 해서는 안 되기 때문이며, 시끄러운 '숭배자'는 대개 우리들의 참된 벗이 아니고 박해가 시작되면 곧 배반하든지 혹은 떨어져 나가기 때문이다. 이것은 나도 경험한 일이다.

11월 6일

당신은 영원히 이 세상의 악을 정복할 수가 없으며 또 신조나 국법, 교회 제도, 교육 등의 모든 미래 세대의 생활에서 악을 몰아낼 수도 없다. 악은 굴복할 때마다 오히려 다시 힘을 내어 어느 세대에든 새로이 도전해 오는 것이다.

11월 7일

"너희의 인내로 너희의 영혼을 얻으라." 이것은 교회의 현대주의자에 속하지 않고 그들의 교회에서 진리를 얻으려는 사람들에게는 가까운 장래에 특히 필요하게 될 말이다.

〈빌립보서〉와 〈히브리서〉는 현대와 아주 비슷한 시대에 있어서 이러한 모든 투쟁을 마친 후의 마음의 기쁨과 영혼의 평안을 나타내고 있다.

11월 8일

인생의 마지막 한계에 이르면 이제 신학 서적이나 그 외의 종교 서적을 읽을 필요가 없다. 우리들의 신앙의 원전인(다행히도 교과서 형태로 되어 있지 않은) 복음서와 그것의 가장 좋은 주석인 서간만으로도 충분하다. 다른 주서서는 일절 필요치 않다. 《구약 성서》와 〈사도행전〉은 우리들의 역사의 한 부분으로서 없어서는 안 되는 것이다. 예언자의 예언서나 〈시편〉은 특히 우리들에게 용기와 위안을 준다. 〈계시록〉은 망상

가들에 의하여 벌써 몇 번이고 악용되고 오해되어 왔지만 하나의 이상으로 현대에서도 충분히 이해하고 평가할 수 있는 것이다.

11월 9일

무릇 종교상의 일에 대해서 누구와도 편지 왕래를 해서는 안 된다. 꼭 필요하다면 그때그때의 본질적인 것에 대해서 쓰도록 하라. 그러나 종교적인 대화를 위한 설교를 써서는 안 된다. 그러한 것은 결국 부질없는 노고로서 갖가지 오해나 허영의 씨를 뿌릴 뿐이다.

11월 10일

"신을 두려워하라. 그 외의 것은 아무것도 두려워하지 말라." 약간 과장적인 비스마르크의 이 말은 그 말 자체로는 훌륭하다고 할 수 있다. 그러나 실정이 과연 이것과 맞는가. 바꾸어 말하자면 오늘날의 독일이나 그 외의 세계에 맞는가 하는 것은 분명히 다른 문제로, 그것에 대한 대답은 그다지 당당하지가 못하다. 나로서는 보다 현실적으로 이렇게 말해야 한다고 생각한다. "악을 무서워하라. 그러나 악을 이겨낼 수 있는 신을 언제나 믿으라."

11월 11일

신앙의 용사들이 다시 한 번 자라나기 위한 첫째 조건은, 통속적인 상식으로 '불행' 이라 부르며 될 수 있

는 대로 그것을 회피하려는 그러한 시대가 와야 한다
는 것이다.

11월 12일

어떤 사람의 가장 좋은 영향은 대개 그의 후계자나 때
로는 무의식적인 제자 속에서 비로소 나타나는 것이다.

11월 13일

사상이나 사업이 풍요한 때도 있고, 정신이 휴식하며
새 힘을 저장하는 겨울철과 같은 때도 있다. 이러한 겨
울과 같은 시기를 신이 내려 주신 휴식 시간으로 생각
하고 마음 편히 감사하게 받아들여라. 이러한 휴식 시
간은 죽음으로만 나타나는 것이 아니고 살아 있을 때에
도 때때로 나타나는 것으로서, 죽음이란 오히려 보다
큰 새로운 활동의 시작이라 할 수 있을 것이다.

11월 14일

그것을 직면하고 있을 때엔 가장 괴롭게 여겼던 시
기가 가장 좋은 시기로 추억에 남는 것이다. 왜냐하면
그 시기에 우리들이 성장하였든지 혹은 그 괴로움이
없었더라면 언제까지나 남았을 자신의 결점을 벗어 버
렸기 때문이다.

11월 15일

〈요한 계시록〉 제12장 10절, 제19장 6절·7절·9절.

이 음성을 당신은 언젠가 스스로 당신의 내면에서, 더구나 아주 분명히 듣지 않으면 안 된다는 것만으로도 이미 행복한 것이다.

11월 16일

참된 기독교인의 삶은 끊임없는 내적·외적 승리로 되어 있지 않으면 안 된다. 그러나 생애의 마지막 순간까지는 결정적인 승리, 말하자면 그 후에 평화 조약을 맺게 되는 그러한 승리는 결코 없다. 우리들의 지상의 적인 악을 상대해서는 대체로 그러한 승리는 없는 것이다. 저마다의 삶에 있어서 그 생애의 마지막에 종국적인 승리가 있을 뿐이다. 그때까지는 자자손손에 이르는 적과의 투쟁이 있을 뿐 결코 평화는 없다!

11월 17일

선악의 인식은 인간에게 위험한 것이다. 신의 나라에 따르는 사람은 어디까지나 선의 영토 내에 머물러 있어야 하며, 악을 배워 보려고 생각해서는 안 된다. 그렇지 않으면 악의 견인력(堅忍力)이 작용할 것이다. 이 암초에 걸려 무수한 사람들이 난파하는데, 그들은 다른 점에서 아무리 좋은 생각을 가지고 있더라도 그들의 독서나 사회 관계만으로는 소용이 없다.

11월 18일

다른 사람의 평가나 우대 속에 포함되어 있는 얼마

간의 망은(忘恩)이나 불공평에 당신도 견디어 낼 수 있어야 한다. 어떤 사람의 동시대인이 그에 대한 두 개의 척도를 가지고 있다는 것은 별로 신기한 일이 아니다. 즉 그 사람이 자기의 편인가 아닌가에 따라서 얼마간 가감하여 쓰는 척도와, 내심으로는 그들의 참 의견을 가지고서 쓰는 절대적이라고 할 수 있는 척도가 그것이다.

11월 19일

〈출애굽기〉 제33장 12절. 이것은 당신에 대한 신의 심판이다. 그것은 당신의 생애에 언젠가는, 더구나 보통 마음 속에서뿐만 아니라 누군가의 말을 통해서 분명히 알게 될 것이다. 그것을 말하는 사람은 대개 그 자신의 생각이라든지 무슨 외적인 이유로 하여 그것을 말하고 있지 않는 것이 확실하다. 그리고 그것을 말한 후에 얼마 안 가서 죽는 사람도 적지 않다. 그러나 당신은 일단 이러한 심판을 받으면 매우 조심하여 이 심판 아닌 다른 심판을 바란다든지 더구나 찾는다든지 해서는 안 된다. 왜냐하면 당신은 그때 아브라함의 축복을 가지고 있기 때문에.

11월 20일

지상에 있는 신의 나라는 한 가족의 역사다. 그것이 차츰 여러 가지 고난을 겪으면서 특정한 소민족과 국토의 국민사가 되고, 훨씬 후에 가서 비로소 완전히 개화

한 여러 민족의 전반적인 역사로 성장하는 것이다.

11월 21일

이유 없는 증오는 본래가 저열한 양심을 증명하는 데에 지나지 않는다.

11월 22일

사람은 간혹 종교나 교회 혹은 철학에 관해서 더 이상 듣고 싶지가 않고, 단순 솔직하게 "나의 하느님이여, 내가 주의 뜻 행하기를 즐기오니 주의 법이 나의 심중에 있나이다"라고 말할 수 있기만을 갈망하는 수가 있다.

11월 23일

이리하여 우리들은 처음에는 신자, 다음에는 금욕자, 마지막에는 전도자가 된다. 이 경지의 어느 것이나 그때그때마다 철저히 수행하여야 하며, 또 지워지지 않는 그러한 흔적을 우리들의 성격에 남겨야 하는 것이다. 만약 어떤 사람이 그의 정신적 존재의 이러한 과정에서 형식의 하나에 언제까지나 머물러 있다면, 그것은 좋지 못한 일이다. 그것은 효과가 없는 신앙이든지 사랑이 없는 체념이다.

11월 24일

돈, 명예 그리고 향락, 신을 대신하여 인간을 지배

하는 이 세 가지 힘과 일단 관계를 끊어 버리면 분명히 자유를 느낄 것이다. 그러나 그 다음으로 오는 최초의 순간은 환멸이다. 왜냐하면 자유는 —— 개인적인 자유든 정치적인 자유든 —— 소극적인 것에 지나지 않고, 그것만으로는 아무런 만족도 갖지 못하기 때문이다. 그것을 위하여 인간은 만족과 마찬가지로 적극적인 사명을 가질 필요가 있다.

11월 25일

기독교는 놀라울이만큼 적극적인 요소다. 인간은 단순한 교리로서만은 이것을 오랫 동안 견디어 낼 수가 없다. 인간은 이것을 실행에 옮겨 이 영에 의하여 걷거나 혹은 이것에 불만을 갖는다. 그렇게 되면 모든 무익한 질문이나 고찰, 신조, 의식, 집회 등을 만들어서 그것으로 허무감을 극복하려 한다.

11월 26일

신앙의 출발은 그리고 단 하나 그것에 요구되는 것은, 하나의 의지 행위다. 그 앞일은 신이 행하는 것이다.

11월 27일

만약 남의 부정에 대해서 사람들의 감각이 얼마나 민감한가를 안다면 —— 이것은 누구나 자신이 경험할 수 있는 것이다 —— 사람들은 훨씬 일찍부터 정직해질

것이다. 결국 사람의 이기심과 특히 그들 본래의 오성
(悟性)이 아무리 견고해도 그들을 눈멀고 귀먹게 하는
허영심을 자극시키는 것 외에 사람을 기만하기란 불가
능하다고까지 말할 수 있을 것이다.

11월 28일

어디까지나,
때로 용기를 잃게 되더라도
내 마음이여, 손을 놓지 말라.
너 자신의 용기로 무엇 하나 이룬 것 없다.
네 용기를 버려라!
그러면 네 삶의 방향이 변하고
그리하여 은총이 시작된다.
그때 주는 힘을 얻어
그 힘의 작용으로
너는 이미 네가 아니다.
어둠의 빛
사람과 그리스도,
서로 만나지 못하리.

11월 29일

나는 생애의 모든 시기에 많은 적이 있었다. 그러나
그 누구도 나를 조금도 해치지 않고 많은 적이 오히려
나에게 적극적으로 이익을 가져다 주었다. 그러나 그
반대로 친구들로부터는 참다운 격려를 받은 적이 거의

없었다. 앞의 얘기는 나의 인생 경험으로 받아들여 주었으면 하는데 물론 우정은 매우 고귀한 보물이며, 적의를 경험하는 것은 언제나 괴로운 것이다. 그러나 참다운 내적·외적인 진보와의 관계를 생각해 보면, 사람들은 지나치게 열심히 친구를 구하고 있고 적을 너무 심하게 그리고 필요 이상으로 무서워하고 있다.

11월 30일

어떤 사람의 생애 최고의 날이란 자기의 역사적인 사명, 즉 신이 이 지상에서 그를 쓰려고 하는 목적을 분명히 알게 되고, 또 여태까지 인도되어 온 모든 길이 그곳으로 통한다는 것을 깨닫는 날이다.

12월

12월 1일

이 세상의 군주와 일단 관계를 끊었다면, 그의 영역 내에서는 붙들리지 않도록 조심하라. 그는 그곳에서는 당신을 지배할 힘이 있지만 그 영역 밖에서는 무력한 것이다. 그가 인간을 자기에게 봉사하게 하는 주된 영역은 돈과 명예 그리고 향락이며 또한 이것에 따르게 마련인 거짓말과 근심 등이다.

12월 2일

모든 생물은 자기의 특성에 따라 자기를 발전시키고, 자기를 실현시키려 자연적인 충동을 자신 속에 내포하고 있다. 이것은 어쩔 수 없는 것으로서 조금도 부당한 것이 아니다. 자연의 본성을 까닭없이 '꺾는 것'은 정신적인 의미에서 자살과 같은 것이다.

12월 3일

이 현세의 갖가지 사물에 대해서도 그것에의 참다운 이해와 명찰은 영혼을 끊임없이 향상시키며, 초지상적인 것으로 향하게 하는 데에서 생기는 것이다. 그러나 이와 반대로 복잡하기 이를 데 없는 이 세상의 사물에 늘 몰두하고 있으면 부질없이 마음만 소란케 할 뿐이다. 이 세상의 현명한 사람들에게는 보이지 않는 실로 많은 것들이 마음이 단순한 사람들에게는 보인다는 것도 이 때문이다.

12월 4일

불성실과 지상적인 것에의 신뢰 그리고 그것에 대한 마음으로부터의 만족에 조심하라. 그러지 않으면 늘 천성적인 것으로 이끌리는 마음을 차츰 잃어버리게 된다. 이것이 당신이 해야 할 일이다. 그 외의 것은 신에 속해 있는 한 신이 배려해 준다. 신의 축복은 참다운 인간 행복의 비밀인 것이다.

12월 5일

되돌아보지 말라,
그리운 골짜기를,
지난날의 행복을,
흘러간 괴로움을.

하늘엔 파랗게
새 나라가 보인다.
거기에 네 손으로
신전을 세우라.
네 손은 지금 열쇠를
단단히 쥐고 있다.
목표를 잃지 말라,
고개를 돌리지 말라!

앞으로만 나아간다,
동경의 나라로.
마음 속에 느껴지는
다가온 해안선.
하느님의 나라여----
사라져 간 이 세상.

12월 6일

  코오헬레드, 즉 〈전도서〉 제1~3장은 인생의 생애와 그 갖가지 목적에 대해서 극히 정당하게 고찰하고 있다. 만약 사람들이 인생에 있어서 '향락'만을 바란다면 3천년이 지난 오늘날에도 거기에 쓰여진 대로의 생각에 분명히 도달할 수 있다. 칼라일에 의하면 '일하고 절망하지 않는다'는 것이 가장 좋다는 것이다. 그러나 그렇게 할 수 있는 사람, 바라는 사람은 매우 적다.

12월 7일

내 개인으로는 내세가 있다는 것을 굳게 믿고 있지만 우리들이 그것을 명확하게 상상할 수는 없다고 생각한다.

12월 8일

침울한 기분에 빠지기 쉬울 때에는 조그마한 것에 눈을 돌리도록 하라. 작은 꽃, 작은 동물 그리고 건강하고 천진하기만 하다면 어린 아이들도 쉽사리 어떤 기쁜 감정을 불러일으켜 준다. 그러나 우리들이 만나는 어른들의 눈에서는 때때로 인생의 고뇌와 어려움, 어떤 때에는 보다 나쁜 것이 비친다. 그러나 그때 그들이 당신의 눈에서 원래 상류 계급에 따르게 마련인 그 쌀쌀하고 무관심한 표정 이외의 보다 좋은 무엇을 볼 수 있도록 애써야 한다.

12월 9일

오랜 기간에 걸쳐 서서히 형성되어 온 마리아 숭배를 가톨릭교도로부터 제거할 수도 없고, 프로테스탄트교도에게 그것을 강요할 수도 없을 것이다. 이것이 법왕제도와 같은 두 교회가 합일할 수 없는 주요한 원인이다. 현대에 있어서는, 그 외의 다른 모든 것은 참다운 그리스도교라면 일치할 수 있을 것이다.

12월 10일

세속적인 영광에 아주 민감한 사람은 언제나 그때그때의 세론에 휩쓸려 들 것이며, 오늘날에 있어서는 갖가지의 모든 신분을 두려워할 것이다.

12월 11일

오늘날 많은 사람들이 현재의 상태에 대해서 보다 나은 진실을 구하고 있지만, 그들은 진리에 이르는 역사적인 문에는 들어가려고 하지 않는다.

12월 12일

인간의 본성은 우리들이 알고 있는 역사적 지식이 시작한 이래로 변화하지 않았으며, 특히 오늘날 우리들의 자연 과학적 지식이나 업적이 진보했음에도 불구하고(라기보다는 아마 진보하였기 때문에) 별로 고귀하게 여겨지지 않을 것이다.

12월 13일

〈시편〉 제90편, 제116편, 제118편은 수천년이 지난 오늘날에도 마치 인생의 온갖 고난의 시련을 견디어 온 사람이 바로 어제 그 비망록에 기입한 것같이 보이는 신선하고 진심에 넘치는 세 편의 태고적 시다.

12월 14일

우리들의 현저한 내적 발전이나 진보는 모두 많든

적든 그 전에 겪은 엄한 시련의 결과다. 그러므로 시련을 달갑게 여겨야 한다. 적어도 시련의 한가운데에서도 영혼의 평정한 한 점을 끝까지 유지하고 있어야 하는 것이다. 그 시련은 우리들 위에 꽃피울 새로운 참된 행복의 전조이기 때문이다.

12월 15일
'모든 것이 헛된 것'이며, 너무 많이 배워도 결국에는 '몸을 피곤케 할' 뿐 지금까지 몰랐던 것은 하나도 새로이 얻어지지 않는 것이다.

12월 16일
인간의 감사를 일절 기대해서는 안 된다. 대체로 인간은 고등 동물보다는 더 감사할 줄을 모른다. 그러므로 당신은 인간이 인간에게 행하는 일체의 선행은 그 자신을 위하여 혹은 신을 위하여 행하여진 것이며, 그것으로 끝난 것이라 생각하고 곧 당신의 기억에서 지워 버리도록 하라.

12월 17일
어쩔 수 없는 일이지만 처지라는 것은 바꿀 수 없는 경우가 많은 것이므로 그것을 받아들이는 태도를 바꾸어야 한다. 그렇게 하지 않으면 안 된다. 그렇게 하지 않으면 쉴 사이 없는 불평으로 자기의 힘을 소모시키고, 자기뿐만 아니라 다른 사람의 생활도 불쾌하게 만들어 결국 어쩔 수 없는 것이 되고 만다.

12월 18일

좋은 의미의 말로 —— 특히 나이가 든 후에는 —— 낙천적으로 살아가도록 애써라. 하루 종일 아침부터 밤까지 주위에서 실로 많은 요구나 욕망이 제기되겠지만 그것을 다정한 미소와 승낙의 말로 대답할 수도 있고 또는 다른 무뚝뚝한 거절의 말로 대답할 수도 있다. 어느 답을 하든 결국 대개의 결과는 동일하며, 말하자면 습관에 지나지 않는 것이다.

생활의 성격은 매일매일의 사소한 일이 결정하는 것이지 커다란 일이 결정하는 것은 아니다. 커다란 일이라는 것은 대다수의 사람들에게 있어서는 극히 드문 일이다.

12월 19일

적어도 나는 미에 대한 감각은 젊은 사람에게 꼭 있어야 하는 인간 교육의 한 요소이기는 하지만, 예술에 열중한다는 것은 참다운 종교의 생생한 관심과 완전히 일치하는 것은 아니라고 생각한다. 어떻든 선보다도 미를 중시해서는 안 되며, 또 미를 선과 혼동해서는 절대로 안 된다. 이 둘은 전적으로 다른 것이며, 서로 구별되어져야 하는 것이다.

12월 20일

참다운 기독교를 따르면 보다 행복한 생활을 얻을 수

있다는 것을 안다면 거의 모든 사람들이 기독교를 믿을 결심을 할 것이다. 그러나 그때 얼마나 많은 것을 참고 견디어야 하는가를 단번에 알게 되면(신에게서 주어지는 힘을 미리 알 수도 잴 수도 없으므로) 거의 한 사람도 그러한 결심을 하지 않을 것이다.

12월 21일

인간은 종종 자기 능력 이상의 일을 너무나 많이 하려고 하며, 더구나 그것에 대한 많은 감사를 요구한다. 그러나 자기가 할 수 있는 것만 하면 되는 것이며, 더구나 남의 칭찬을 받으려는 생각을 버리지 않으면 안 된다.

12월 22일

토요일을 안식일로 하는 교회의 어느 한 사람에게—.

"당신이 말하는 것이 원칙적으로 옳다고 생각합니다. 기독교계도 안식일을 휴일로 지키는 것이 아마 좋았을 것입니다. 그러나 우선 무엇보다도 심한 노동에 종사하고 있는 계급의 사람들, 특히 그 계급의 부인들이 적어도 토요일 오후는 일하지 않도록 하고, 혹은 그들 자신이나 가족을 위하여 자유로운 시간을 줄 수 있도록 노력하기로 합시다. 그렇게 하면 벌써 이날 저녁때부터 일에 대한 근심에서 벗어나 마음 푸근히 내일의 휴일을 기다릴 수가 있을 것입니다. 그렇게 되면 토요일 오후도 최소한 안식일의 일부가 되는 것입니다. 안식일이란 결국 시간 수가 문제가 아니기 때문입니다."

12월 23일

언젠가 비네가, 기독교가 생활 전체에 스며 있지 않은 곳의 생활은 그 주위에 공허를 펼쳐 왔다, 기독교 사회의 품에 안겨 있으면서도 기독교적이 아닌 사람은 마음 속에 사막을 가지고 있다고 말하였다. 다소 일반적인 뜻으로 말하여진 이 사상에 대해서는 우선 아무 말도 하지 않기로 하자. 괴테를 숭배하는 사람뿐만 아니라 고전적 교양을 가진 많은 사람들, 그 중에서도 역사가는 이 사상의 절대성에 이론을 제기할 것이다. 그러나 이 생각은 외관만이 기독교도인 사람에게는 아마도 꼭 들어맞을 것이다.

12월 24일

기독교가 단지 외교적인 방법만으로는 재건되기는 어려울 것이다. 프랑스 혁명과 제정 붕괴 후 프랑스에서는 샤토브리앙, 조세프 드 메스트르, 크뤼이테너 부인 등에 의하여, 그리고 일부는 유럽에서 이러한 재건이 행하여졌다. 오늘날에는 교회가 문제가 아니라 참다운, 살아 있는 기독교가 문제인 것이다. 그러나 이 둘을 떼어놓기는 과히 쉬운 일이 아니다. 이것을 실행할 수 있을 만한 사람은 아직 나타나지 않은 것 같다.

12월 25일

위로부터 내리는 박애는 마음이 순한 아이들이나 아주 나이 많은 사람들에게서 가장 잘 볼 수 있다. 박애는 또한 몇몇 병자들이 갖는, 거의 이 세상을 초월한 아름다움도 만들어 낸다. 화가가 사도나 성화들을 그릴 때에 쓰는 원광은 이 박애를 얼마간 암시하려고 하는 것이다. 물론 얼굴에 이러한 표정을 줄 수 있다면 더 좋을 것이다. 그러나 대개 그 표시는 얼굴에 나타나 있지 않다.

12월 26일

좋은 교육에 의하여 이를테면 외교관이나 그 외의 세련된 세속인이 지니고 있는 다른 종류의 정중함은 예의범절을 모르는 경우와는 반대로 분명히 쾌적한 것임에 틀림없겠지만, 그러나 언제나 꾸며 댄 인상을 주며 또한 지나친 겸손이라든지 위선적인 외관과 같은 불쾌한 느낌을 남긴다. 이러한 것은 좋은 대용품은 되지만 그 이상의 것은 아니다.

12월 27일

건강에 대해 느끼는 고마움은 노년에 있어서는 대개 일시적인 것으로, 몸이 아주 편안하고 따스할 때에(이를테면 아침 잠자리 안에 있을 때라든지, 가을의 싸늘한 호반에서 햇볕이 따스한 양지 바른 쪽에 있을 때에) 느끼는 것이다. 그러나 그러할 때에는 때때로 내세의 예감인 것 같은 상쾌감을 느낀다. 원숙과 조용한 청명의 이 시기는 —— 프랑스 말의 '세레니테(serénité) 가 훨씬 정확하게 그것을 표현하고 있다 —— 실로 인 생 최고의 때이며, 소위 청춘의 환희나 장년의 힘도 도저히 이것과 비할 수가 없다. 또한 일몰의 아름다움 과도 비교가 되지 않으며, 오히려 보다 좋은 존재의 아침 햇빛에 비할 수 있다. 그러나 대낮이 되어 버리 면 우리들은 이 생활을 견딜 수가 없을 것이다.

이것이 노년기의 최고의 행복이다. 노년의 행복은 언제나 가정의 즐거움이나 추억 속에만 있는 것이 아 니고, 훨씬 더 좋은 것일 수가 있는 것이다.

12월 28일

이미 이 지상에서 신으로부터 떨어져서 살고 있는 영혼이, 육체가 썩어 버렸을 때에 어떻게 될 것인가라 는 것을 명확하게 상상하기는 어렵다. 만약에 영혼이 육체의 한 기능에 지나지 않는다면, 영혼도 역시 마찬 가지로 해체되어 버릴 것임에 틀림없다. 이것은 아마 도 그 영혼에 있어서는 그래도 가장 관대한 운명일 것 이다.

12월 29일

당신이 묻는 가장 아름다운 죽음이란 아마도 영혼과 육체의 편안에서 벗어나서 육체적인 생명만이 조용히 끝나는 것을 말할 것이다. 이러한 일은 나이가 들면 곧잘 일어난다.

심장의 나직한 고동이 아무도 모르게 멎으면 되는 것이다. 이 지상의 생명만이 인간이 가지는 유일한 생명이라 생각하고 있는 어리석은 의사들이 인위적으로 자극을 주어서 심장의 고동을 연상시키려 해서는 안 된다.

12월 30일

우리를 어느 정도 귀찮게 하는 사람들도 우리들은 가까운 시일 내에 만나지 않게 되고, 그 후로도 아마 다시는 만나지 못하게 될 것이다. 그러므로 우리들은 이 짧은 기간이라도 그들을 다정하게 대하기로 하자.

그리고 이후로 영원히 그들과 함께 살아 나가야 한다 하더라도 그렇게 하는 것이 훨씬 더 현명한 일일 것이다.

12월 31일

마지막으로 바라는 것은 보다 많은 사랑이다. 단지 이것뿐이다. 그리고 이것은 육체에 관한 것은 제외하고, 현재의 삶과 미래의 삶과의 커다란 차이가 될 것이다. 그리고 보다 많은 사랑이 있었다면 당신은 이 지상 시대의 기의 모든 고뇌와 고난을 면할 수 있었을 것이다.

"사랑은 모든 것을 이겨 낸다." *

□ 연 보

1833년 2월 28일, 스위스 동부 생트 거렌 주의 베르덴
베르크에서 출생. 아버지 요한 울리히 힐티는
의사, 어머니는 안나 엘리자벳.
1851년 독일 괴팅겐 대학에 입학, 법학을 전공.
1852년 하이델베르크 대학으로 전학.
1855년 하이델베르크 대학 졸업. 런던, 파리 등을 여
행한 후 고향 쿨 시로 돌아와 변호사 개업.
1856년 그라우뷴텐 보병연대 입대, 법무관으로 근무.
1857년 요한나 겔트너와 결혼.
1873년 베른 대학 법학 교수로 임명됨.
1886년 《스위스 연방공화국 정치연감》 창간, 1909년호
까지 22권에 이름.
1890년 고향 베르덴베르크에서 하원의원에 선출됨.
이후 운명할 때까지 의원으로 활약.
1891년 《행복론》 제 1 권 간행.
1892년 스위스 육군 주석 법무관에 임명됨.
1895년 《독서와 연설》, 《행복론》 제 2 권 간행.
1896년 《행복론》 제 3 권 간행.
1897년 아내 요한나 사망.
1901년 《잠 못 이루는 밤을 위하여》 제 1 권 발표.

1902년 베른 대학 총장에 임명됨.

1903년 《서간집》 간행.

1906년 《신서간집》 간행.

1907년 《병든 혼》 간행.

1908년 《영원한 생명》 간행.

1909년 헤이그 국제중재재판소에 스위스 초대 대표로 임명됨. 쥬네브 대학에서 명예 법학박사 학위 받음. 12월 12일, 쥬네브 호반에 있는 호텔 밀라보에서 심장마비로 사망.

1919년 《잠 못 이루는 밤을 위하여》 제2 권(마리 멘타 힐티 부인 편〔編〕) 간행.

▨ 옮긴이 소개

시인, 독문학자.
1933년 부산 출생.
서울대학교 문리대 독문과 졸업.
한국문인협회 사무국장 역임.
역서로《사랑할 때와 죽을 때》《싯다르타》
　　《어느 시인의 고백》(R.M. 릴케) 등이 있음.

가난한 밤의 산책

초판 1쇄 발행 / 1977년 10월　5일
초판 4쇄 발행 / 1984년 11월 20일
2판 1쇄 발행 / 1988년　7월　5일
3판 1쇄 발행 / 1999년　3월 25일
4판 1쇄 발행 / 2015년 12월 28일

지은이 / 칼　힐　티
옮긴이 / 송　영　택
펴낸이 / 윤　형　두
펴낸곳 / 범　우　사

등록번호 / 제406-2003-000048호
등록일자 / 1966년 8월 3일
주소 / 413-120 경기도 파주시 광인사길 9-13 (문발동 525-2)
전화 / 031-955-6900~4, 팩스 / 031-955-6905

* 잘못된 책은 바꾸어 드립니다.
ISBN 978-89-08-06069-2　04800 (인터넷)www.bumwoosa.co.kr
　　　978-89-08-06000-5　(세트) (이메일)bumwoosa@chol.com

▶ 계속 펴냅니다

범우비평판 세계문학선

범우 비평판 세계문학선이
체계화·고급화를 지향하며
새롭게 다시 태어나고
있습니다.
작가별로 고유번호를
부여하고 완벽하게 보완해
권위와 전문성을 높이고,
미려한 장정으로
정상의 자존심을
지켜나갈 것입니다.

범우고전선

1 유토피아 토마스 모어 / 황문수
2 오이디푸스王(외) 소포클레스 / 황문수
3 명상록·행복론 M. 아우렐리우스·L. 세네카 / 황문수·최현
4 깡디드 볼떼르 / 염기용
5 군주론·전술론(외) N. B. 마키아벨리 / 이상두(외)
6 사회계약론(외) J. J. 루소 / 이태일(외)
7 죽음에 이르는 병 S. A. 키에르케고르 / 박환덕
8 천로역정 J. 버니언 / 이현주
9 소크라테스 회상 크세노폰 / 최혁순
10 길가메시 서사시 N. K. 샌다즈 / 이현주
11 독일 국민에게 고함 J. G. 피히테 / 황문수
12 히페리온 F. 횔덜린 / 홍경호
13 수타니파타 김운학 옮김
14 쇼펜하우어 인생론 A. 쇼펜하우어 / 최현
15 톨스토이 참회록 L. N. 톨스토이 / 박형규
16 존 스튜어트 밀 자서전 J. S. 밀 / 배영원
17 비극의 탄생 F. W. 니체 / 곽복록
18-1 에 밀 (상) J. J. 루소 / 정봉구
18-2 에 밀 (하) J. J. 루소 / 정봉구
19 팡 세 B. 파스칼 / 최현·이정림
20-1 헤로도토스 歷史 (상) 헤로도토스 / 박광순
20-2 헤로도토스 歷史 (하) 헤로도토스 / 박광순
21 싱 아우구스티누스 고백록 A. 아우구스티누스 / 김평옥
22 예술이란 무엇인가 L. N. 톨스토이 / 이철
23-1 나의 투쟁 A. 히틀러 / 서석연
23-2 나의 투쟁 A. 히틀러 / 서석연

24 論語 황병국 옮김
25 그리스·로마 희곡선 아리스토파네스(외) / 최현
26 갈리아 戰記 G. J. 카이사르 / 박광순
27 善의 연구 니시다 기타로 / 서석연
28 육도·삼략 하재철 옮김
29 국부론(상) A. 스미스 / 최호진·정해동
30 국부론(하) A. 스미스 / 최호진·정해동
31 펠로폰네소스 전쟁사 (상) 투키디데스 / 박광순
32 펠로폰네소스 전쟁사 (하) 투키디데스 / 박광순
33 孟子 차주환 옮김
34 아방강역고 정약용 / 이민수
35 서구의 몰락 ① 슈펭글러 / 박광순
36 서구의 몰락 ② 슈펭글러 / 박광순
37 서구의 몰락 ③ 슈펭글러 / 박광순
38 명심보감 장기근 옮김
39 월든 H. D. 소로 / 양병석
40 한서열전 반고 / 홍대표
41 참다운 사랑의 기술과 허튼 사랑의 질책 안드레아스 / 김영락
42 종합탈무드 마빈 토케이어(외) / 전풍자
43 백운화상어록 석찬선사 / 박문열
44 조선복식고 이여성
45 불조직지심체유적 배운선사 / 바문열
46 마가렛미드 자서전 마가렛 미드
47 조선사회경제사 백남운
48 고전을 보고 세상을 읽는다 모리야 히로시

▶ 계속 펴냅니다

 범우사　서울시 마포구 구수동 21-1
전화 717-2121 FAX 717-0429